なつののの

风雅和歌 夏

夏野芳草碧

郑民钦 编著

中国出版集团 现代出版社

和歌的魅力

和歌作为日本民族的诗歌，是日本文学的主要形式之一，是日本韵文学最早的传统形式之一。从记纪歌谣的萌芽期至《万叶集》定型的这种诗歌形式历经了一千多年的历史。和歌又有多种形态，以五七五七七共五句三十一音的短歌为主，同时也包括长歌、旋头歌等，经过漫长历史的淘汰，短歌成为和歌的几乎唯一的特定形式。本书的和歌特指的是短歌。

所谓“和歌”，一般理解为“大和的歌”，即“日本的歌”。从和歌的诞生过程来看，和歌是生长在日本民族土壤的文学这一点无可置疑。它是日本历史、风土、政治、经济、社会、文化、宗教等在文学上的结晶，是日本民族性格的诗化。

和一切文学形式的诞生一样，和歌亦始于民间。它直接源头是歌谣。《古事记》和《日本书纪》所收录的歌谣合称“记纪歌谣”。记纪歌谣是和歌文学的萌芽时期。和歌的产生意味着定型诗的成立，从非定型的歌谣中脱胎出短歌形态。作为古代韵文的表现载体，七世纪中叶和歌形式已经完成。

从古代歌谣向万叶和歌发展的历史也就是从口头文艺向文字文艺发展的历史，这标志着诗歌显示出从集体性向个人性、平民性向贵族性的转移倾向。《万叶集》的出现标志着和歌这种日本民族文学形式的发展在奈良时代进入一个高峰，诞生了真正文学意义上的和歌。

《万叶集》成书于八世纪，年代、编者均不详，一说大伴家持为最后的编纂者之一。该书收有四世纪至八世纪四百多年间的长歌、短歌等四千五百多首，全部借用汉字依日语发音标记。按内容分为杂歌、相闻、挽歌三类。杂歌包括四季景物、行幸、游宴、旅行、酬和等题材；相闻指感情相递，多指男女恋歌；挽歌乃悼亡追思。作者从天皇至贩夫走卒，十分广泛。《万叶集》歌风雄浑豪放，质朴率真，以现实主义手法描绘日本古代社会，体现当时的社会理念和民族精神。《万叶集》作为日本最早的和歌集，如同《诗经》在我国文学史上的地位，熠熠生辉。

十世纪初成书的《古今集》是日本第一部敕选和歌集，有纪贯之作的假名序和纪淑望作的真名序，两序内容基本相同，论述和歌的起源、发展、本质、种类，品评歌人，提出审美标准等，是比较系统的和歌理论。两序之中，应该说假名序更能代表编者的思想，更能准确地反映当时主流歌坛对和歌本质的认识。纪贯之的序是第一篇用日文写的序。从《古今集》开始，至后花园天皇时代的《新续古今集》，共编纂二十一部敕撰和歌集，作为民族诗歌的和歌终于取代汉诗成为歌坛传统主流。纪贯之的假名序从起源、性质、题材、内容、风韵、构思、手法、语言、评论等方面对和歌进行比较深刻的阐述，建立起较为完整的和歌理论体系雏形。因为当时日本还没有先进的文学理论，所以歌论在许多方面借助我国的诗歌理论。

由于《古今集》的问世，重新振兴起来的和歌取代汉诗文，占据文坛。和歌不仅成为日常生活中极其平常的现象，而且也是贵族社会交际时表示风雅的必要工具。在此后约一百年间，和歌基本上延续《古今集》的风格，但有所发展，一直持续到《拾遗集》。这期间第二部敕选集《后撰和歌集》成书，其注重作品的自然情趣，开始出现和歌物语化的倾向，可以说构成日常生活的画卷。

欣赏和歌涉及整个文艺审美理念的问题。和歌在其长期发展过程中，形成比较复杂的独特的审美体系，在高度浓缩凝练的语言组合里，塑造某种形象或者形态，既反映一定的现实感性形象，又包含强烈的思想情感的各种审美意象，熔铸出一种意境幽远深邃的世界。

近世之前的日本文学理论几乎全部都是歌论，和歌美学在近世以前就已经形成体系，在中世文艺美学中得到完整的体现，最主要的特征是通过语言的力量追求高雅。然而进入町人社会以后，由于整个社会经济结构的改变，为适应町人文化需要而产生的俳谐以巨大的破坏力向传统和歌美学提出挑战，以近于卑俗的语言摧毁固有的“象牙之塔”的精神世界，其势之猛，甚至在一定程度上压倒和歌，受影响而创作俳谐的人数大大超过歌人。俳谐发展到松尾芭蕉的时代，才在继承和歌审美理念的基础上，创立自己的美学观，于是俳谐进入诗歌艺术的殿堂。

和歌美学自然是日本文艺美学的一个重要组成部分，涉及整个文艺审美理念的问题。美是艺术的根源性本质，以语言文字为符号的文学通过各种表现形式追求美的创造。

歧义性和多重性对欣赏和歌美造成一定的困难，同时也形成审美的多样性，可以审视随着时代的发展人们美学理念的变化，具有很大的挑战性和探险性。另外，近代以前的美学语言几乎都是日常生活用语，因此必须从中抽象出更高层次的审美理念。

作为文学作品的读者，一般通过对作品本身的意识活动感受美。读者在审美对象的直观形象诱导下进入一种观照状态时，便成为美的享受者。其审美感受与作者主要通过想象作用构成具象美的活动有所不同。当然，二者相辅相成，作者以对创作对象的想象活动获得美的形象的升华，读者以对美的形象的观照作用获得与作者创作体验同化的过程。作者创作美的形象时，融进了自己的自然观、人生观、世界观并渗透在作品的各种要素里，形成有机的统一，营造出一个体现其审美理念的世界。

和歌的审美虽然在其形成过程中借鉴、吸收了许多我国古代美学思想，从和歌文学产生的动机以及对和歌文学的自觉性意识的产生，到涵盖整个奈良、平安时代的和歌文学的发展过程以及歌论的变迁，在思想、形式、内容、语言等诸多范畴，都与中国文学（文化）有着千丝万缕的关系，但从本质上说，和歌美学是日本民族诗歌的审美体系。

和歌具有诗歌的一切特征，因此在高度浓缩精练的语言组合里，既反映一定的现实感性形象，又包含强烈的思想情感的各种审美意象，熔铸出一种意境幽深的世界，或者塑造某种形象，日本人以其独特的思考方法和语言表现追求民族文艺的精神美。

“あはれ”（哀）是日本传统诗歌的主要审美手段之一。按照《广辞苑》的解释，有“感慨、赞叹、爱情、同情、人情、情趣、怜悯、感伤、悲哀、愁绪”等多种含义。古代的“哀”是朴素的爱的表现，这种爱可以是赞叹、喜悦、共鸣、同情、怜悯、哀伤等多种发自心灵感动的形式。“あはれ”是内心感动发出的声音，是一种真情的流露。这种感动既可以是个人情感的表达，也可以是包括对民族性、国民性的共同情感的表达。从这层意义上说，诗歌发自这种集体性的感动，没有“あはれ”的感动就不存在日本的诗歌，因此“あはれ”是日本美学的感觉的母体。这牵涉到诗歌的根源性问题。

《古今集》中有一首佚名的和歌“我思香比色更哀，谁拂衣袖屋前梅”，“香比色更哀”，不是一般人共同的感觉，而是“我思”，带有强烈的主观性，在这个自我感觉的层次上想象“哀”的世界，对色和香进行比较，构成一种抽象的微妙的情趣，有一种观念性的透明感。素性法师吟咏“蟋蟀夕阳鸣瞿麦”，发现夕阳、蟋蟀鸣叫、瞿麦的三者结合产生“哀”的感觉。这也是“唯我”的主观感受。

《源氏物语》使用“哀”有一千多处，物语所表现的“哀”的情趣都是以和歌的抒情为基础，表现对不同季节的感受，“哀”依不同的情况，可以表达各种各样复杂微妙的心情。

后来，“あはれ”逐渐与其他词语相结合，产生“もののあはれ”（物哀）这个词。“物”是引发“哀”的感情的对象，“物哀”的“哀”依附于“物”，“物”赋予“哀”一种具体的存在性，使“哀”不再具有比较强烈的朦胧情趣。“物”存在于现实世界，是感知的对象。“哀”是感动的表现。“物哀”的“哀”就是物化的哀，“物”追求与其相适应的“哀”，“物哀”的感觉则主要是平安朝的文学观和审美意识。“哀”也与其他美的要素结合成幽玄、优艳、妖艳、闲寂等复合美。从平安时代中期开始，“哀”成为审美的一个重要内容，“哀”与“物哀”的含义可以说是平安文学美的核心。

近世的国学家本居宣长（1730—1801）在文艺学领域的“歌学”部分，以物感于心作为判断和歌文学的基准，通过对《源氏物语》以及和歌的“物哀”的分析，阐述文学的本质，以物哀相通歌论和物语论。宣长歌论的思想基础是神道，文学体系的核心是物哀，强调朴素的语言表现真诚的感情。和歌是“物哀的表现”，“物哀”的“物”指天地万物，包括人；“哀”指人的感情。（本居宣长《石上私淑言》）本居宣长文学审美观的核心是“物哀”，坚持认为传统美才是日本民族文学的本质。他建立起系统的和歌“物哀”美学体系。

和歌讲求风体，“风体”指的是歌风和歌体。歌体即是短歌、长歌、旋头歌这样的形态，歌风即是万叶风、古今风这样的风格。歌体的形态不会变化，歌风则流动变化。“风”在和歌里与“调”相近，于是也称为万叶调、古今调。一般地说，万叶风的调强劲有力，古今风的调优美柔和，新古今风的调静寂闲淡。当然，风、调因人而异，体现歌人的个性。

和歌审美的另一个范畴是音调、节奏、韵律的欣赏。和歌五句三十一音的固定音数律决定着定型诗的本质，产生音韵与节奏的美学。和歌通过上下句的接续形成和谐、连续的音乐性，就是说，音乐的连续美和音乐的和谐美存在或者并存于和歌之中，这样就可以朗诵吟咏。

阅读和歌时，有时会碰到“歌枕”这个术语，到平安时代后期，“歌枕”一般指和歌的名胜或者某地的典故，是吟咏和歌时据以作为起兴典故的地名等。和歌本来是吟咏实景，景色美丽的地方被歌人争相吟咏，久而久之，该地就成为咏歌的“名胜”，呈现固定化的倾向，比原本的地名更富有生命内容，在日本人自然观的模式中成为观念性的符号。例如只要一提到樱花红叶，人们的脑子里自然而然地浮现出吉野和龙田，不论吟咏哪个地方的樱花红叶，吉野山、龙田川已经成为固定的观念铭刻在人们的脑子里。这是平安时代的歌人对待歌枕的基本态度，歌枕已经成为他们的固有文学形象。

由于日语每个音的发音时间大致相等，而且语调平缓，音调高低强弱的差别很不明显，几乎没有中文和欧洲语言那样抑扬顿挫的语感，显得单调，为了使日语的音节产生美感，只能采取在一定的节拍停顿，通过一拍左右的时间空白，形成有规则的节奏感。这种审美规范延续至今，没有别的任何一种新规范可以取代，于是成为短歌的审美传统。

我国介绍和歌当追溯到明朝中叶，《日本风土记》在《歌谣》一章中介绍日本的文艺，其中翻译有《古今集》《新古今集》中的大约四十首和歌，翻译还比较准确流畅。但后来几乎无人译介，一直到二十世纪七十年代后期，我国学者才开始真正重视和歌的翻译。

我国读者欣赏和歌，绝大多数只能通过译文理解。然而，无论多么高明的翻译家，翻译诗歌都不可能保留原诗的民族文艺特性，尤其无法重现抽象的音乐要素。翻译和歌，对其音数、枕词、叠句、对句、格助词、节奏、缘语、挂词等独特的表现手法，往往无法找到贴切准确的对应词语。另外，翻译也破坏了对和歌“句切”（类似“断句”）形成不同的律动感的感受，无法再现这种诗体特征。例如纪贯之的“さくら花ちりぬる風のなごりには水なきそらに波ぞ立ちける”，拙译为“忍见落红乱，云边茜影欺。蓝天本无水，轻风弄涟漪”，但原诗的三十一音中使用九个格助词，上下呼应，音韵协调，一气呵成，对表现作者的细腻心情和烘托流动的环境气氛起到重要作用，翻译就无法表现出来。至于翻译的形式问题，我在《风雅俳句系列》的序言《俳句的魅力》中已经做过说明，不再赘述。

本书所收录的是近代以前的和歌（短歌）名作，编排方式不分题材，以人为序，人以年次，作者第一次出现时附以简介。和歌没有季语，所以有的和歌并没有明显的季节感，但仍按敕撰和歌集的四季分类形式编排，以便读者阅读。

本书的编写参考了佐佐木信纲、久曾神升等《日本歌学大系》、大冈信《四季之歌》、竹冈正夫《古今和歌集全评释》、窪田章一郎校注《古今和歌集》等有关书籍。本书曾由其他出版社出版，此次承蒙现代出版社的朱文婷女士的诚挚相邀，予以增添修改，并配以适当图片，由该社出版，谨致以衷心的感谢。鉴于编者水平，难免舛误，敬请方家指正。

郑民钦

2019 年 1 月改定

目录

かも

36 佚名

君に恋ひ 寐寝ぬ朝明に 誰が乗れる 馬の足の音ぞ 我れに聞かする

38 佚名

さつき待つ 花橘の かをかけば 昔の人の 袖のかぞする

40 佚名

紫の 一本ゆゑに 武蔵野の 草はみながら あはれとぞ見る

42 在原业平

するがなる うつの山辺の うつつにも 夢にも人に あはぬなりけり

44 僧正遍昭

はちす葉の にごりにしまぬ 心もて なにかは露を 玉とあざむく

46 佚名

わが心 なぐさめかねつ 更級や 姨捨山に 照る月を見て

48 藤原兴风

誰をかも 知る人にせむ 高砂の 松も昔の 友ならなくに

50 纪友则

夕されば 蛍よりけに 燃ゆれども 光見ねばや 人のつれなき

に鳴くなり

72 藤原俊成

むかし思ふ 草の庵の 夜の雨に 涙な添へそ 山郭公

74 崇徳院

早瀬川 みを遡る鵜飼舟 まづこの世にも いかが苦しき

76 崇徳院

五月山 弓末ふりたて ともす火に 鹿やはかなく 目をあはすらむ

78 藤原定家

来ぬ人を 松帆の浦の 夕なぎに 焼くや藻塩の 身もこがれつつ

80 藤原良经

うちしめり あやめぞかをる 時鳥 鳴くや五月の 雨の夕暮

82 式子内亲王

かへり来ぬ 昔を今と 思ひ寝の 夢の枕に にほふ橘

84 寂莲法师

鵜飼舟 高瀬さし越す ほどなれや むすぼほれゆく かがり火の影

86 宫内卿

軒白き 月の光に 山かげの 闇を慕ひて 行く蛍かな

88 宫内卿

君待つと 閨へも入らぬ 槙の戸に いたくな更けそ 山の端の月

90 源实朝

世の中は 常にもがもな 渚漕ぐ 海人の小舟の 綱手かなしも

92 藤原俊成女

橘の にほふあたりの うたた寝は 夢も昔の 袖の香ぞする

94 伏见院

風はやみ 雲の一むら 峰こえて 山みえそむる 夕立の跡

96 伏见院

雨の音の きこゆる窓は さ夜ふけて ぬれぬにしめる ともし火の影

98 京极为兼

夏あさき 緑の木立 庭とほみ 雨ふりしむる 日ぐらしの宿

100 永福门院

馴るるまま 哀れにつひに ひかれ来て 厭ひがたくぞ 今はなりぬる

102 永福门院

ほととぎす 空の声して 卯の花の 垣根もしろく 月ぞ出でぬる

104 永福门院

あれぬ日の 夕べの空は のどかにて 柳のすゑも 春ちかくみゆ

106 后伏见院

心ある 夏のけしきの 今宵かな 木のまの月に くひな

126 山川登美子

加茂川の みぎはに泣けり 誰れ知るや ましろき石を わが涙とも

128 山川登美子

髪長き 少女とうまれ しろ百合に 額は伏せつつ 君をこそ思へ

130 山川登美子

髪なでて 鏡ゆかしむ 夜もありぬ 夢にや摘まむ しろ百合の花

132 会津八一

初夏の 風となりぬと 御仏は を指のうれに ほのしらすしら

134 斎藤茂吉

のど赤き 玄鳥ふたつ 屋梁にゐて 足乳ぬの母は 死にたまふなり

136 斎藤茂吉

草づたふ 朝の螢よ みじかかる われのいのちを 死なしむなゆめ

138 斎藤茂吉

めん鶏ら 砂あび居たれ ひつそりと 剃刀研人は 過ぎ行きにけり

140 斎藤茂吉

赤茄子の 腐れてゐたる ところより 幾程もなき 歩みなりけり

142 斎藤茂吉

山なみに ひびきて鳴きし 晩蟬は 暗やみとなり 皆ね

むるらむ

144 前田夕暮

向日葵は 金の油を 身にあびて ゆらりと高し 日のちひささよ

146 前田夕暮

曇り日の 青草を籍けば 冷たかり 自愛のこころ かなしくもわく

148 北原白秋

大きなる 手があらはれて 昼深し 上から卵を つかみけるかも

150 北原白秋

夕されば ひとりぼつちの 杉の樹に 日はえんえんと 燃えてけるかも

152 北原白秋

羽根そよがせ 雀棟の 枝しくやあらむ その花かげは

154 北原白秋

手にとれば 桐の反射の 薄青き 新聞紙こそ 泣かまほしけれ

156 若山牧水

幾山河 越えさり行かば 寂しさの 終てなむ国ぞ 今日も旅ゆく

158 若山牧水

海底に 眼のなき魚の 棲むといふ 眼の無き魚の 恋しかりけり

160 古泉千樫

茱萸の葉の 白くひかれる 渚みち 牛ひとつゐて 海に

向き立つ

162　古泉千樫

ねむの花　匂ふ川びの　夕あかり　足音つつましく　あゆみ来らしも

164　石川啄木

不来方の　お城の草に　寝ころびて　空に吸はれし　十五の心

168　石川啄木

ひとところ　畳を見つめて　ありし間の　その思ひを妻よ　語れといふか

170　石川啄木

東海の　小島の磯の　白砂に　われ泣きぬれて　蟹とたはむる

172　中村宪吉

篠懸樹　かげを行く女が　眼蓋に　血しほいろさし　夏さりにけり

中大兄皇子

わたつみの　豊旗雲に　入日見し　今夜の月夜　さやけかりこそ

海涌千重浪，
长云展旌旗。
销金熔落日，
今宵清月朗。

中大兄皇子（626—672）

第三十八代天皇。舒明天皇之子，在其母皇极天皇执政期间，由中臣镰足辅佐，发动宫廷政变，消灭苏我氏，推行大化革新，为中央集权专制国家的建立奠定了基础。曾出征朝鲜，大败而归，遂迁都大津，增强国力，制定《近江令》。668 年践祚，称天智天皇。他是富有创新精神的政治家，对日本从奴隶制向封建制的转变产生决定性

的作用，同时也是大和时期优秀的歌人。他哀悼倭太后、额田王、石川夫人的挽歌古朴苍劲。

＊赏析

这是中大兄皇子脍炙人口的写景诗。面对大海落日的壮美景色，这位后来的天智天皇表现出革新派政治家的雄伟气魄。他从大处着眼，汹涌澎湃的千重巨浪，长天万里，白云舒展，落日熔金，满天火燃，仰望蓝天白云，极目万顷碧波，眼前仿佛展现出猎猎旌旗、战场厮杀、刀光剑影的场面，真有点气吞万里如虎的气概。然而最后一句流露出他内心孤独低沉另一面，皓月低垂，孤影徘徊，望月兴叹，感慨人生，只有在诗歌里才能体会出他心灵深处的思绪。这种对大自然景色的感受就不再具有集体的共性，从落日到明月的联想充分体现出作者的个性感觉。这是《万叶集》抒情的自我意识的表现。

祥邨

额田王

あかねさす　紫野行き　標野行き　野守は見ずや　君が袖振る

紫草茂禁苑，
慎防眼杂守苑人，
君却挥衣袖。

额田王（生卒年不详）

万叶初期的代表性歌人。她在宫中曾奉侍六代天皇，常为天皇代笔作歌。先是嫁给大海人皇子，后被他的胞兄天智天皇看中，夺为后宫。天智殁后，弘文天皇嗣位。672年大海人皇子发动“壬申之乱”，击败弘文，翌年登基为天武天皇，额田王遂复归天武。她的和歌既有气势雄阔的一面，同时也以敏锐纤细的感受性咏叹对大自然的眷恋和人生的哀欢。她的感情热烈的恋歌也曲折地反映出政权之争。

＊赏析

天智七年（668）年五月五日，额田王随天智天皇到蒲生野采药（端午节天皇到山野采药是当时的宫廷活动），群臣随行。大海人皇子（她的前夫）不顾众人在场，公然向她摆袖传情。额田王怕被人发现，作此歌制止他。有人以为此处的“守苑人”暗指天皇。大海人皇子答歌曰：“紫草芳香乱我情，恋君何因他人妇。”当时额田王是天皇的宫妃，大海人皇子对她依然爱恋，向她摆袖，但其实是她先作歌传情，两人都无法抑制对恋人的思念之情，藕断丝连，旧情难忘。作为人妻，又有心上人，相见而不能相会，欲会不能，欲罢不忍，在众目睽睽之下，连眉目传情也要小心翼翼，生怕被人发觉。这种爱情只好深埋心中，却又抑制不住如烈焰般燃烧，饱含着无限的无奈和惆怅。皇族创作的感情热烈的恋歌也曲折地反映出残酷的政权之争。

有间皇子

磐代(いはしろ)の　浜松(はままつ)が枝(え)を　引(ひ)き結(むす)び　ま幸(さき)くあらば　また還(かえ)り見(み)む

磐代海边松，
结枝以供奉。
此生倘有幸，
当能重相见。

有间皇子（640—658）

孝德天皇的皇子。齐明四年（658），与苏我赤兄图谋叛乱，在纪伊的藤白坂被杀。在被押送途中作辞世歌二首，收录于《万叶集》。

*赏析

这是有间皇子著名的辞世歌《有间皇子自伤结松枝歌二首》之一。另一首是："在家盛米饭，必定用饭碗。如今旅途上，椎叶且将就。"他因谋反，被中大兄皇子杀害于纪伊藤白坂。在被押解途中，作歌表达自己的心情。尽管他仇恨中大兄皇子，但只能默默地承受着失败的痛苦和耻辱，甚至在磐代海边结松枝祈祷获得赦免，心存侥幸，把悲伤无奈的情绪寄托在中大兄皇子的怜悯开恩上。虽然字面上没有表现出强烈的求生欲，然而读者从这首和歌的委婉手法中更加体会到作者哀婉的心情和难言的苦衷，具有更强的艺术感染力，增加悲剧的浓郁色彩。

这首和歌可能是他在被押解途中吟咏所作。在磐代海边结松枝祈祷获得赦免，这是一种仪式，也许有间皇子不相信这种仪式真会灵验，也许不让随行的人觉察自己绝望的心情，作品并没有表现出特别强烈的祈祷情绪。佐佐木信纲认为："诗歌没有塑造一个挣扎反抗的有间皇子，也没有塑造一个哭泣软弱的有间皇子。不仅没有这样塑造，应该说诗歌发挥着积极掩饰这种塑造的作用。正是诗歌抹杀了反抗的强烈情绪和充满委屈的心情。"（《走向万叶》）这是万叶和歌抒情的成熟之处，超越了记纪歌谣的率直抒情。

佚名

ほのぼのと　明石(あかし)の浦(うら)の　朝霧(あさぎり)に　島隠(しまかく)れゆく　舟(ふね)をしぞ思(おも)ふ

晨雾空濛明石海，
岛影迷离隐行舟。

*赏析

有人以为作者是站在陆地望海上行舟，也有人认为作者是乘坐在舟中，不过大多认为前者较为合理。海上晨雾迷蒙，小舟渐渐远去，终于被岛遮住，看不见其踪影。这种海天茫茫、一叶扁舟、漂泊不定、危险四伏的景象不仅表达航海的辛苦，同时也暗喻人生的艰辛和无常。作者仿佛自己也置身舟中，寄寓着作者深沉哀愁的感情。《万叶集》也有一首佚名的《行旅》："浮波逐流似海鸟，千羽乱啼声亦哀。"但《古今集》的作者从另外的角度和手法表现同样的题材，没有一个哀愁的字眼，淡淡的愁绪透过字里行间渗晕出来。

也有人认为这首和歌是柿本人麻吕的作品。

高桥虫麻吕

芦屋の　菟原娘子の　奥つ城を　行き来と見れば　哭のみし泣かゆ

苇屋菟原处女坟，
我来谒见泪涟涟。

高桥虫麻吕（生卒年不详）

万叶时代歌人。以抒发行旅感受和描写优美传说著称，深受汉文学的影响，其和歌的传说题材多取材于水江浦岛子、真间手儿奈之、菟原处女等民间故事，被称为“传说歌人”。歌风平铺直叙，夹叙夹议，叙事与抒情穿插交融，在平静的气氛中暗喻人生的重大题材。

*赏析

虫麻吕是《万叶集》中最擅长叙事歌的作者，他主要取材于水江浦岛子、上总末珠名娘子、胜鹿真间娘子、菟原处女、河内大桥独去娘子等民间故事，虽然总体上是抒情歌，但描写细腻具体，以生动的语言塑造出栩栩如生的人物形象，具有较强的叙事性。此歌题为《见菟原处女墓歌一首并反歌》。苇屋菟原处女是一个闻名远近的美女，智奴壮士和宇奈比壮士同时爱上她，她左右为难，无法满足他们的要求，悲伤而死。智奴壮士从梦中知道苇屋菟原处女已经死去，也随之自尽，宇奈比壮士闻讯，仰天悲叹而死，人们把他们的坟墓分别建在菟原处女墓的两侧。虫麻吕以唯美的官能的诗语描述这一段动人心魂的恋爱悲剧故事，充满美好艳丽的传奇色彩，制造出一个感人至深的神话世界。他作为叙事抒情歌人，在古代传说的历史空间里放浪自己对和歌的原始性的青春。如“闻道坟上树，繁枝偏向血沼郎，如示少女心。”

持统天皇

春すぎて　夏来にけらし　白妙の　衣ほすてふ　天の香具山

春已去，
夏似来。
闻道香具山，
晾晒白衣裳。

持统天皇（645—703）

第四十一代天皇。天智天皇的女儿，嫁给天智天皇的弟弟天武天皇，成为皇后。686 年天武死后，她令其子草壁皇子继承皇位，自己作为皇太后临朝称制。但其子二十八岁早死，持统即位；七年后，让位给孙子轻皇子（文武天皇），作为日本史上第一个太上天皇辅佐。

＊赏析

这是持统天皇的代表作。大体意思是：春天归去，感觉夏天已经来临。这翠绿葳蕤的天香具山，听说和往年一样，仿佛又披上洁白的衣裳。“けらし”即现代语的“らしい”，表示推测（似乎），这里着重描写作者的身体感觉。“てふ”意为“闻道、据说、听说”。“白妙”是使用楮树皮纤维织成的白布，是后面的“衣裳”的枕词。天香具山位于奈良县橿原市，不高，传说从天而降，所以在山名前加上“天”，与亩旁山、耳成山构成“大和三山”。

现在一般认为：作者实际上并不一定能遥望香具山，只是到了春夏换季的时节，该换上夏天白色的衣裳了。我听人这么说过：香具山也和人一样，到夏天时就换上白衣裳，如同披上一层白布晾晒。

这当然是作者浮现眼前的幻影，和歌没有使用“绿”字，但随着夏天的到来，漫山遍野绿莹莹的，诗中突出“白”，两种颜色形成鲜明的对照，表现作者对季节交替的心灵感受。

山上忆良

妹が見し　楝の花は　散りぬべし　わが泣く涙　いまだ干なくに

苦楝树犹在，
悲秋花凋残。
睹树思阿妹，
涟涟泪不干。

山上忆良（660？—733？）

奈良时代初期贵族，著名的社会派、人生派诗人。年轻时曾随天皇行幸作歌，曾任遣唐使少录来唐都长安；回国后奉侍东宫，为东宫侍读。后任筑前国守，成为大宰帅大伴旅人的幕僚。《万叶集》收入他的长歌、短歌、旋头歌、汉诗、汉文，达七十多篇。忆良把人生作为和歌的主题，目光始终关注着人生的“苦”与“爱”，“苦”指社会的各种痛

苦，“爱”指对父母妻儿以及他人的爱情。该观念已经超越个人的范畴，扩大到社会。其作品在《万叶集》中形成独特的世界，扩展了和歌作品的题材，在这个领域达到他人难以企及的高度，显示出奈良初期文学的新倾向。正因为其作品表现的是人生疾苦，终于与宫廷诗歌无缘。其著名长歌《贫穷问答歌》，是忆良文学的象征，日本和歌中难得的现实主义杰出诗篇。它几乎没有任何创作技巧，以对真实内容的充满感情的叙述形成极其强烈的艺术感染力。

*赏析

这首和歌是悼念亡妻之作。一般认为死者不是作者之妻，乃九州大宰帅大伴旅人之妻大伴郎女。这是忆良为旅人的“代作歌”《日本挽歌》。所谓“代作歌”，并非受他人之托，捉刀代笔，而是设身处地把自己摆在对方的位置上，体会对方的心情创作的和歌。还有如：“归家如何就寝台，香闺凄冷动愁绪。”“怜我爱妻苦命短，每思恋慕心悲切。”“昔日妹观赏，旃檀花落已凋零，我泪犹未干。”“雾漫大野山，我思爱妻发长叹，气息吹雾散。”忆良的挽歌整体笼罩着悲伤的情绪，以哀伤本身作为抒情的主要要素，对现实的爱的憧憬的无复存在，对生的消极的留恋，把爱的情感深深藏在哀伤的心底，形成一种情绪氛围，因此更加纯粹地表现出个人心情。

古邨

大伴旅人

松浦川　川の瀬光り　鮎釣ると　立たせる妹が　裳の裾濡れぬ

粼粼松浦川，
情浅泛涟漪。
阿妹钓香鱼，
立起湿裙裾。

大伴旅人（665—731）

大伴家持之父，在朝廷为官，历任九州大宰帅、大纳言等。《万叶集》里收有其长短歌七十余首，尤擅短歌。大伴旅人在九州把众多和歌作者集结在自己周围，与山上忆良等形成以大宰府为中心的筑紫歌坛，可见当时九州和歌的盛况。他的作品在清澈平淡的流水般韵律里寄托心灵的悒郁和悲哀，以老庄思想对人生进行理性的观照和批判。

*赏析

这是连歌《游松浦川》中的一首。《游松浦川》是根据民间故事创作的恋歌，以第一人称的形式讲述一官人在肥前玉岛潭游玩时遇一钓鱼女子，以和歌唱和赠答："人道皆是渔家女，相见方知高雅人。""家住玉岛河上游，羞涩未肯让君看。"这样赠答之后，便是男子对女子的求爱歌："松浦河边钓小鲇，凝视细波思恋人。""春来我家河水涨，小鲇游动待君来。""松浦河水多滞缓，我心畅流待君来。"这是其中对在河滩钓香鱼宛若天仙的少女的具体描写，如同一幅动态的画面，生动传神，表现出和歌青春期明快开朗的风格，但带有神仙色彩，借助传说的媒介，想象与松浦川美丽的仙女一起游玩，具有幻想性，体现其抒情的恋爱情趣。

大伴旅人

帰るべく　時はなりけり　都にて　誰が手本をか　我が枕かむ

此时已到归乡日，
京都谁与我枕臂。

☆赏析

旅人于神龟四年（727）任九州大宰帅，时已六十二岁。大约在第二年，他的妻子大伴郎女在他的任地去世。旅人悲恸万分，“方知世间皆空幻，此时越发心悲伤”，妻子的音容笑貌一直萦绕在他的心间，无法拂去。他写有十一首和歌寄托哀思，其中有的是他于天平二年（730）回京路上的思念之作，有的是他回到故乡家里后的追忆之作。此歌是他回京之日所写。旅人自然又想到爱妻，一路上以及回到老家后都触景生情，睹物思人，悲思难禁。旅人的哀伤一方面表达对妻子的无限眷恋，同时也深含自己对故乡的思念和晚年孤独的哀伤。“来时同过敏马崎，回时独自悲泪涕。”“人去家已空，痛苦胜羁旅。”“京都故宅已荒凉，独宿更比羁旅苦。”“每见鞆浦杜松树，难忘与妹曾相看。”“与妹共辟小庭园，如今树高枝叶茂。”“每看妹植梅花树，不由哽咽涕泪流。”率真的情感在清澈平淡如流水的韵律里放纵，极度的悒郁哀伤观照出他对妻子的深情厚爱。旅人悼念妻子的挽歌是他的爱情精神结构在文学上的升华，悲伤的体验通过净化作用的结晶。

大伴旅人

いかにあらむ　日の時にかも　声知らむ　人の膝の上　我が枕かむ

此时幸遇知音人，
我愿成为膝上枕。

＊赏析

此歌题记云:“梦中见此琴化为娘子，曰:余托根于遥岛之崇山峻岭，枝干沐浴九阳之清光，长披烟霞，逍遥于山川之阿，远望风波，出入于雁木之间。唯恐百年之后空朽沟壑，偶遇良匠，削为小琴，不顾质粗劣，希恒置于君子之左。”旅人把日本琴赠送给奈良的藤原房前时，附上两首和歌，这是其中一首。说“此梧桐大和琴乃对马结石山之孙枝所制”(此句典出汉朝应劭《风俗通》云:“梧桐生于峄山阳岩石之上，采东南孙枝为琴，声甚清雅”)。此琴化为少女出现在我的梦中，讲述自己的身世，与我互赠和歌，并说将作为枕头枕在知音的膝盖上。不言而喻，这是旅人受到民间故事的影响，这种空想的故事表现出他的恋爱情趣，在幻想的世界里驰骋着现实体验的抒情性。

大伴坂上郎女

夏の野の　繁みに咲ける　姫百合の　知らえぬ恋は　苦しきものそ

夏野芳草碧，
一枝山丹悄然开，
相恋情最苦。

大伴坂上郎女（生卒年不详）

万叶天平时期的代表性女歌人。大伴旅人的异母妹。初嫁穗积皇子，夫殁后先后改嫁藤原麻吕、异母兄宿奈麻吕。她是大伴家持的姑母同时又是岳母（家持又娶其女）。其歌表现一生的情感，其歌风被柿本人麻吕继承发展，在她之后大约六十年间再未出现专业女歌人。她的长歌、短歌、抒情歌、叙景歌、思想歌都不同凡响，感情热烈，注重技巧，风情缱绻，经常在奔放的感情中诉诸理性。《万叶集》收录她的作品八十四首，多是闺妇思情之作，其中七十五首是她四十岁以后创作的恋歌。

*赏析

这是坂上郎女思恋丈夫的和歌，把无限情思寄托于山丹花。夏天原野茂盛的绿草里，悄然盛开着一枝可爱的山丹花，显得孤独，那令人怜爱的形象凸现出为爱情而焦思的女性的凄楚心灵。日本文学描写山丹恐以此为滥觞。山丹花象征着作者内心的热恋。这种心物对应的表现方式在《万叶集》之前的歌谣中就已经存在，奈良时代广泛使用。坂上郎女的和歌构思似乎以恋歌作为基础，她甚至创作献给圣武天皇（如“鹏鹏潜水池，池水有深情。我恋君之情，犹如池水深。”），赠送女婿大伴家持（如“竹田原野上，遥望鹤飞去。鹤鸣不间断，我恋亦如此。”“恋君今日苦相思，不知无可奈若何。”“君已远路行，不胜单恋随君去，频频梦中见。”）等的恋歌。

大伴家持

うつせみは　数なき身なり　山川の　さやけき見つつ　道を尋ねな

此身现世何短暂，
寻道路见山河清。

大伴家持（718？—785）

《万叶集》后期的代表性歌人。大伴旅人之子，少年时随父在九州，受筑紫歌坛的熏陶，后在姑母大伴坂上郎女的指导下学习和歌，继承其父舒展流畅的歌风，又深得汉学修养。仕途不顺，卷入政治斗争，几起几落，心情忧郁，其和歌在秾丽艳美的外表下掩藏着辛酸孤独，诉说着“无可奈何花落去”的失落和凄凉，也是整个贵族社会走向没落的心绪反映。家持一生波澜壮阔，从无忧无虑青云直上的贵族公子随着政坛的风云变幻最后衰颓没落，充满悲剧色彩，他的歌风也从飘逸着绮罗香泽变得凄迷悲郁。家持优艳纤细的歌风不仅是他个人的文

学风格，也代表了万叶后期的风格，也预示着奈良朝向平安朝贵族和歌转变的先声。从这个意义上说，大伴家持是一个时代的歌人。一般认为，他是《万叶集》的最后编纂者。

⁎赏析

这是大伴家持的《卧病悲无常欲修道作歌二首》之一，另一首是“净道争与光阴寻，只缘此道不重逢。”他于天平胜宝八年（756）六月十七日卧病，因感到人生无常，遂生修道之念，求清净之境界。家持在病床上想象着毫无俗世尘埃的佛道世界，但是他并没有完全脱俗，其实他希望一边修道一边游览于青山绿水之间。意为人生微不足道，但愿修道和游历山河两不误。

家持的“修道”本质上应该说是“遁世”。他的一生波澜壮阔，宦海沉浮，内心索寞凄凉。在“挽歌”等中自然而然地流露出真实的沉悲厌世的心态，由于寻找不到出路，只好想象自己逃避现实，寄托于修道。“昔日平城京，一片荒凉地。见此方知悟，世间本无常。”（《伤惜宁乐京荒墟作歌》）“现世知无常，更忆秋风寒。”（《月移后悲叹秋风家持作歌一首》）“月照隐口泊濑山，月有盈亏人无常。”（《寄物发思》）“已厌生死两重海，切盼彼岸‘潮干山’。”（《厌世间无常歌二首》）等都表现他对无常的感叹。佛教的无常思想成为日本人日常思维的一部分，在文学中得以体现。

古邨

笠女郎

朝霧の　おぼに相見し　人ゆゑに　命死ぬべく　恋ひわたるかも

相逢如晨雾，
才合又离分。
钟情缘一面，
至死恋郎君。

笠女郎（生卒年不详）

奈良时代中期歌人。《万叶集》中收有其短歌二十九首，都是赠送给年轻时期的大伴家持的。歌风纤细优美，情意深长。可能是家持身边的一位擅长爱情和歌的才媛。

*赏析

笠女郎以赠大伴家持的恋歌著称，她对家持的一片痴心、苦苦追求遭到冷遇，通过和歌强烈地表达女性追求爱情的炽热感情和痛苦心情，以及衣带渐宽终不悔的那种刻骨铭心。这首和歌表现的正是对爱情至死不渝的坚贞。“心中情恋谁人知，玉匣开后梦中逢。”“若为相思死，我已死千回。”“钟声催人眠，思君难入睡。”她对爱情的狂热追求，纵然以生命相许，纵然“为伊消得人憔悴”，也在所不惜。机警灵妙的创作技巧更把对爱情的追求心理表现得淋漓尽致，在孤寂凄楚的情绪中体验爱的神奇。

山部赤人

沖つ島　荒磯の玉藻　潮干満ち　い隠り行かば　思ほえむかも

冲岛礁石滩，
绿藻水中摇。
潮满将隐没，
思绪应难消。

山部赤人（？—736？）

奈良时代的歌人。其出身、经历多不明，据《万叶集》记载，似当过小地方官，曾随驾游吉野、难波等地，应诏作歌。他是万叶歌人中最具典型的叙景歌人，以凝练的纯客观态度和理性地表现素材内容，他的抒情显得超然而孤高。后人将其与柿本人麻吕并称“歌圣”。《万叶集》收有其长歌十三首、短歌三十七首。

*赏析

神龟元年（724），赤人随圣武天皇行幸纪伊，远眺风景名胜冲岛，只见丰饶茂密的海藻在海面上缓缓摇曳，平时在奈良都市里生活的朝臣赤人不由得心荡神驰。然而，他想到涨潮的时候，美丽的海藻也会淹没在水里，令人怀念。作者对海藻注入亲密的感情，作品的感觉新鲜清秀。作者从视觉、听觉等各个角度观照自然，对大自然的讴歌并非吟风弄月，而是饱含情感，把自己的热情融化于万物之中，从自然景物中发现人的生命的真实清纯的存在，通过优美清新的语言和富于想象力的构思表现主观情绪。不过，他的创作手法基本上沿袭高市黑人叙景诗客观写生，没有新的突破，而且形式过于严饬，在一定程度上妨碍炽烈感情的抒发。

佚名

君(きみ)に恋(こ)ひ　寐寝(いね)ぬ朝明(あさけ)に　誰(た)が乗れる　馬(うま)の足(あ)の音(おと)
ぞ　我(わ)れに聞(き)かする

思君不成眠，
拂晓谁人骑马过？
让我听足音。

＊赏析

选自《万叶集》第十一卷。该卷收入“寄物陈思歌”三百零二首，这是其中之一。“寄物陈思歌”全部都是情歌，其特点是托物起兴，吟咏恋情。此歌所托之物为“马”。我思念你，一个晚上都没有合眼，拂晓时不知何人骑马从我的窗前经过，故意让人听见马蹄的声音。这是对男人另有新欢、不来相会的讽刺。

佚名

さつき待つ　花橘の　かをかけば　昔の人の　袖のかぞする

（待：ま；花橘：はなたちばな；昔：むかし；人：ひと；袖：そで）

且待五月闻橘花，
昔时伊人衣袖香。

*赏析

平安时代，贵族们喜欢用各种香料调配熏衣，按照自己的喜好，各自香味不同。交往多的人，都熟悉其香味，闻其香，便知其人。这首和歌表现对一位昔日之人的怀念，待到五月，闻着开花的橘子的香味，就会想起他（她）衣袖上同样的香气。

佚名

紫(むらさき)の　一本(ひともと)ゆゑに　武蔵野(むさしの)の　草(くさ)はみながら　あはれとぞ見(み)る

紫草只一株，
武藏野上离离草，
油然感亲切。

*赏析

紫草，多年生草本植物，高约五十厘米，夏天开白色小花，紫根。武藏野位于关东平原，跨东京都、埼玉县和神奈川县三地，以紫草著称。虽然只有一株紫草，但正由于这株紫草，让我对整个武藏野的野草也都感到亲切。这是一首恋歌，其意是说：因为有了一个我所爱的你，让我对你周边所有的人都感到亲切。

在
原
业
平

するがなる　うつの山辺(やまべ)の　うつつにも　夢(ゆめ)にも人(ひと)に　あはぬなりけり

流浪到骏河，
宇津山麓行。
无缘见君面，
梦里亦难逢。

在原业平（825—880）

平安初期至前期代表性歌人。平城天皇的第一皇子阿保亲王之子，官至藏人头，未能飞黄腾达，却擅长和歌。他能得心应手地调动一切语言要素，为表现热烈奔放、细腻丰富的感情和塑造余韵丰饶、朦胧多重的形象服务，建构起《万叶集》所没有的超脱现实的观念世界。

*赏析

骏河，今静冈县的中部地区；宇津山，今静冈市与志太郡相邻的山。业平旅行到此，遇见京都的老朋友，便作此歌托他带给居住在京都的思念之人，诉说离愁。现实中无法见面，梦里也难以相逢，心情实在痛苦。当时的人认为，自己不能梦见别人，是因为对方没有想念自己。

僧正遍昭

はちす葉の　にごりにしまぬ　心もて　なにかは露を　玉とあざむく

荷叶有心不染浊，
露水缘何装珠玉？

僧正遍昭（816—890）

平安时代前期歌人。原名良岑忠贞，恒武天皇的孙子。仁明天皇时官至从五位上。嘉祥三年（850）仁明天皇去世后，哀恸至极，抛妻弃子出家，时年三十五岁。贞观十一年（869）被授予法眼和尚之位。后任僧正，在仁寿殿被赐予七十大寿贺。翌年封食邑一百户，允许乘辇车进入宫门。贞观年间在山城花山创立元庆寺，任座主。其歌风轻妙洒脱，具有平安贵族式的美学情趣，但出家后从美丽的自然景物中获得佛教的启迪，把社会环境与个性融为一体。

*赏析

菡萏有心，故能出淤泥而不染，叶子上的露水如同晶莹剔透的珠玉，感动于心。纯洁无垢的荷叶在水面上亭亭玉立，叶子上滚动着晶莹的露珠，作者用戏谑的语气调侃道：明明是露水，为什么要装作珠玉骗人呢？但作者毕竟是僧人，知道莲花与佛教深有渊源，理智地从中悟出《法华经》上“不染世间法，如莲花在水”的佛道。

遍昭的和歌善于使用拟人手法，擅长叙景歌，以某种事物置换其他事物或人的言行，此歌亦是如此，通过荷叶和露珠表现自己澄洁之心。疑问的形式生动地表现作者对捕捉到难以发现的美的时候的激动心情。通过这种幻象发现大自然的真实美。

佚名

わが心　なぐさめかねつ　更級や　姨捨山に　照る月を見て

抬头望明月，
遍照更级姨舍山，
我心难安宁。

＊赏析

《大和物语》记载一则有关更级姨舍山的民间故事：古时候，在更级这个地方，一个失去双亲的男子在祖母（一说老母亲，一说伯母）的抚养下长大成人，娶妻后，婆媳关系不和，加上祖母衰老，在妻子的唆使下，要把老祖母抛弃山里。一天，他骗祖母说，要让她参加寺院的法会，背着她进山，把祖母扔在一座山峰下，自己就逃回来。回家以后，想到祖母的养育之恩，十分愧疚，望着明月，心想这月光正照在抛弃祖母的那座山上，一夜难眠，吟咏此歌。第二天早晨又进山去寻找老祖母。山本无名，因有这段民间传说后，就被命名为“姨舍山”。但是，《大和物语》说此歌系抛弃祖母的男子所作，似不可信。因为那男子不可能在当晚就将这座山命名为“姨舍山（弃老山）”，恐为后人所作。

藤原兴风

誰をかも　知る人にせむ　高砂の　松も昔の　友ならなくに

谁为我知己？
苍松非老友。

藤原兴风（生卒年不详）

平安前期的歌人。官至正六位。和歌集有《兴风集》。

*赏析

我年事已高，故友旧交荡然无存。要说长寿的话，高砂的苍松虽然是老树，但不是我的老友，那现在究竟将谁视为我的知己呢？高砂松，指播磨国高砂神社（今兵库县高砂市）里的黑松和红松两棵天然相生的老松树，但此处作者似借用比喻长寿。这是感叹年老无友的和歌。

纪友则

夕されば　蛍よりけに　燃ゆれども　光見ねばや　人のつれなき

黄昏心燃胜流萤，
不见此光人无情。

纪友则（845？—907）

平安时代前期歌人。纪贯之的堂兄，仕途不得志，大约殁于延喜七年（907）。与纪贯之统领宇多、醍醐时期的歌坛，与纪贯之、凡河内躬恒等编纂有和歌集《古今集》。性格稳重敦厚，歌风典雅流丽。著有歌集《友则集》。

*赏析

每到黄昏，我心中燃烧的思念之火比萤火虫还要热情，但是你看不见我心头的火光，所以才那么冷漠无情。这首和歌是在宇多天皇的母后班子女王举行的宫中歌合（即赛歌）上吟咏的，所以也可以把主人公理解为女性。黄昏是男女相会的时刻，但自己的心上人还没有来，看到流萤的亮光，自己恋情的燃烧比流萤更加炽热，难道因为这种内心的激情不像是亮光，眼睛看不见，他就故意冷落自己吗？

伊势

難波潟（なにはがた） みじかき芦（あし）の ふしの間（ま）も 逢（あ）はでこの世（よ）を 過（す）ぐしてよとや

难波滩涂长，
芦苇结距短。
告我多隐忍，
不见度此世。

伊势（872？—938？）

平安时代中期的歌人。伊势守藤原继荫之女，仕宇多天皇的中宫藤原温子，为上所幸，成为宇多天皇的更衣，生皇子。天皇让位后，她离开宫廷，后受宠于敦庆亲王，生中务。歌风细腻洗练，以恋歌表达自己情感的损伤和心灵的孤独，与小野小町并称平安前期女歌人“双璧”。其歌收入《古今集》《后撰集》。著有歌集《伊势集》。

*赏析

难波潟就是大阪湾的入海口。以前退潮后形成一片浅滩，生长很多芦苇，是一个观赏的景点。这是女子对恋人的思念，以芦苇结与结之间的距离很短，比喻两人相见时间的短暂。在这夏天的夜晚，你也不来，即使来了，相见的时间也很短，你叫我忍耐，让我就这样不见面而度过一生吗？平安时代的婚姻形式，是男方去女方家相会，女人只好在家里苦苦等待，但男人会有多个女人，亲疏远近，有的女子就被抛弃。伊势与天皇女御温子的弟弟仲平相恋，但仲平移情别恋，伊势在给他写的信中吟咏这首和歌。歌中满怀作者对恋人的思慕和激情，对没有结局的爱情深感痛心，具有敏锐的感受性。

紫式部

めぐり逢(あ)ひて　見(み)しやそれとも　分(わ)かぬ間(ま)に　雲隠(くもがく)れにし　夜半(よは)の月(つき)かな

邂逅夜半月，
玉容尚未看清楚，
匆忙隐云间。

紫式部（970？—？）

平安时代中期歌人。藤原为时的女儿，山城守藤原宣孝之妻。长保三年（1001）丧夫后，仕于一条天皇的中宫彰子。著有《源氏物语》《紫式部日记》。

☆赏析

此歌小序云："忽遇数年未见之幼年之友，然恰如与其时七月十日左右之月竞争，倏忽归去。"作者忽然遇见一位幼时的朋友，多年未见，正想好好交谈，她却像是与当天七月十日左右迅速隐入云间的月亮竞争似的，匆促离去。此歌表面上似乎吟咏夜半的月亮，又像是一首恋歌，其实以月喻人，表现对老友才逢又别的遗憾心情。

佚名

天の川　霧立ちわたり　彦星の　楫の音聞こゆ　夜の更けゆけば

银河云雾升，
牛郎过河会织女，
夜深闻桨声。

＊赏析

这是收在《万叶集》里的和歌。今日七夕，银河上云遮雾绕，但在夜深人静的时候，能听见牛郎划船过河的划桨声。日本古代过七夕节，现在好像只有仙台还保留这个传统。但是，《万叶集》时代，有的日本人认为牛郎是划船过银河到对岸与织女相会的，与我国的鹊桥相会大相径庭。当然这都是人们对神话故事的演绎，我国民间还有七夕深夜可以听见牛郎织女说悄悄话的传说。《万叶集》还有一首这样的和歌“七夕夜降雨，牛郎划船溅水花”，表现牛郎急切的心情；还有说织女拿着织布机的踏板架在银河上搭一道桥让牛郎走过来，都显示出奈良时代人们丰富的想象力。

和泉式部

もの思へば　沢の蛍も　わが身より　あくがれ出づる　魂かとぞ見る

河边萤火虫，
凝视犹如我灵魂，
离我身躯出。

和泉式部（978？—？）

平安时代中期歌人。越前守大江雅致之女，初嫁和泉守橘道真，生小式部，后离异，与为尊亲王、敦道亲王热恋。敦道亲王死后，仕中宫彰子，嫁给藤原保昌。和泉式部是平安时代最杰出的女歌人之一，继承和发展了《古今集》的传统，开平安后期的歌风。《拾遗集》收入她的二百四十七首和歌，在女歌人中数量最多。她以热烈痴爱、缱绻风情的赠答的恋歌而著称，其中不乏晦涩难解之作。一生风流多恋，被橘道

真的上司藤原道长讥为“水性杨花”。她在晚年对自己的一生进行无情的解剖和反省，写下“那罪孽深重的手一接触花朵，都会使鲜花枯萎”。

＊赏析

作者在昏暗的河边凝视着飞舞的萤火虫，忽然觉得萤火虫仿佛是游离于自己肉体躯壳之外的灵魂，而一闪一灭的亮光如同灵魂痛苦的喘息。这是一幅凄清悲惨的心象风景，萤火虫闪烁的亮光甚至可以想象为人的真切的呼吸和脉搏的律动，透视出肉眼本不可见的灵魂。和泉式部以佛教观念为媒介，从萤火虫产生崭新的联想力，直视人灵魂深处的真相。

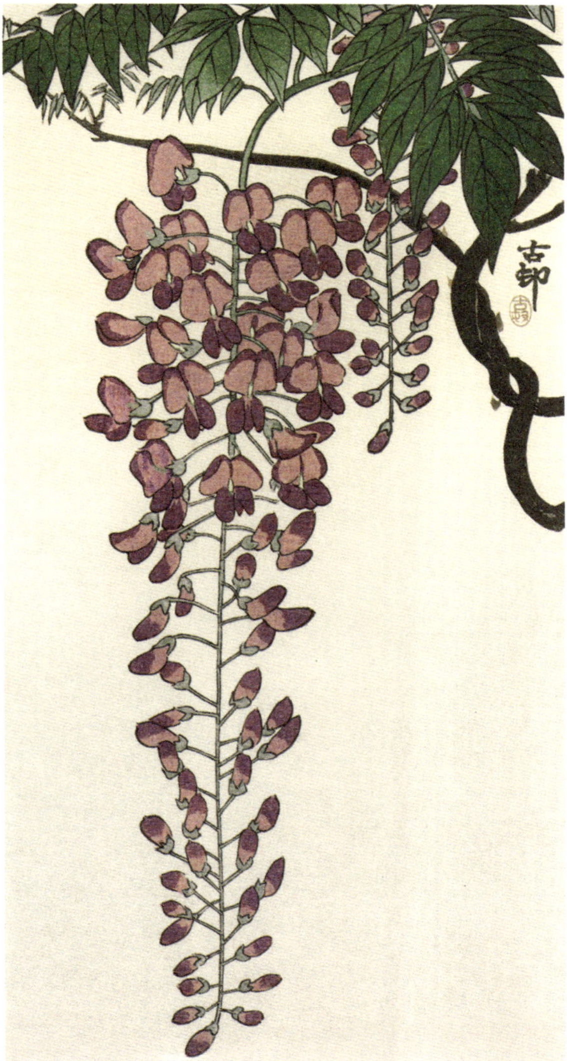
古邨

和泉式部

偲(しの)ぶべき　人(ひと)もなき身(み)は　ある時(とき)に　あはれあはれと　言(い)ひやおかまし

想我此身后，
应无人思念。
莫如趁活时，
自我言“可怜”。

*赏析

此歌题记云：“闻世上无常事。”每闻亲朋好友去世，作者总是吟咏和歌，以表思念之意。但是，在我死后，恐怕没有人会深切怀念自己，那就趁着还活在世上的时候，自己对自己先说几句“真可怜”吧。这是她无常观的表现。

古邨

和泉式部

人の身も　恋にはかへつ　夏虫の　あらはに燃ゆと　見えぬばかちぞ

我为恋爱生，
犹如飞蛾扑情火，
只是觉可怜。

*赏析

我生为人，为爱而献身，如飞蛾扑火，全身投进爱火之中，死而无悔，只是看似可怜。和泉式部十九岁时嫁给橘道真，后与为尊亲王、敦道亲王热恋，与敦道亲王生下一子，后嫁给藤原保昌。她的恋歌充满热情，也充满哀伤，是爱情颤动的真切回荡。通过细小的具象和日常的小事表达喜怒哀乐之情，语言的感觉奔放大胆，歌意由浅入深，由宁静变得激烈，由单纯变得丰富，始终跳动、彷徨着一颗情焰炽燃的女性之心。敦道亲王去世后，她写下 122 首悼亡的和歌，哀叹道："本思弃世愈伤悲，此身亲昵已随君。"君已亡故，我本想出家为尼，但想到我与你多年亲昵相恋，让我更加悲伤。她觉得人世无常，自己作为恋人的"遗物"留在世上，为亡者祭奠供养，所以反过来要珍惜自己，坚强地活下去。

清原深养父

夏の夜は　まだ宵ながら　明けぬるを　雲のいづこに　月宿るらむ

夏夜方初更，
不经意间已拂晓。
月宿云何处？

清原深养父（生卒年不详）

平安中期的歌人。清少纳言的曾祖父。一生微官，然和歌素享盛名。歌集有《深养父集》。

* 赏析

夏夜苦短，本以为才刚刚初更，没想到已经拂晓。可是不见了月亮，肯定不会那么快躲到西山后面，恐怕是暂住到云彩的什么住处吧？描写夏夜之短，带着强烈的主观感，初更大概是晚七时到晚九时之间，作者觉得倏忽而过，夸张的表现。后面的“月宿何处”采用拟人化的手法，也许作者一直赏月，发现突然消失了，狠心的月亮啊，你怎么把我抛下？有人认为此歌摇曳着恋爱的气氛，把月亮视为女性，“宿何处”暗示自己的心上人今晚不知在何处。吟咏夏夜的和歌很多，如纪贯之的“夏夜刚想睡过去，杜鹃一声天已亮”，将杜鹃的一声叫比喻夏夜的短暂，在睡意蒙眬中感觉拂晓世界的余韵。

祐子内亲王家纪伊

音(おと)に聞(き)く　高師(たかし)の浜(はま)の　あだ波(なみ)は　かけじや袖(そで)の　ぬれもこそすれ

高师海边浪声高，
狂涛湿袖何得了。

祐子内亲王家纪伊（生卒年不详）

平安时代歌人。据说是桓武平氏的东宫亮平经方的女儿，仕于后朱雀院的公主祐子内亲王。著有歌集《祐子内亲王家纪伊集》。

*赏析

这首和歌是在康和四年（1102）五月举行的“堀川院艳书合”上的作品。“艳书合”是当时宫中的一种游戏，先由男性歌人创作恋歌，分给女官。女官根据和歌的内容创作答歌，回送给男歌人。当时祐子内亲王家纪伊收到的是中纳言藤原俊忠的和歌：“暗中恋君人不知，风拍惊浪思夜话。”于是就回复这首和歌。高师海滨，在今大阪府高石市。“浪声高”，比喻藤原俊忠拈花惹草，绯闻不断，臭名远扬。如果自己再和你交往的话，定然自找苦吃，将来一定会被你抛弃，泪湿衣袖终不干。这是女性对男性示爱的断然拒绝，在当时习以为常。不过，作者吟咏此歌时已经七十多岁，可见只是一种游戏。

藤原俊成

雨(あめ)そそぐ　花(はな)たちばなに　風(かぜ)すぎて　やまほとどぎす　雲(くも)に鳴(な)くなり

绿雨洗橘花，
暖风轻拂湿天涯，
杜鹃鸣云霞。

藤原俊成（1114—1204）

平安后期至镰仓前期的歌人。官至正三位，曾任皇太后宫大夫。他奉白河法皇之命，于文治三年（1187）编纂成《千载集》，结束了金叶、词花时期的混乱局面。他崇尚“幽玄”美学，在恢复《古今集》清雅抒情的正调的同时，创立了余韵幽玄的新古典调的世界，标志着中世和歌的成立。《千载集》总体风格富有余韵的抒情美，尤其注重音调的整饬，与《新古今集》一起代表着中世和歌鼎盛期的辉煌。

*赏析

雨湿橘花暖风吹，杜鹃高鸣云霞间。上下呼应，前后关照，开当时叙景歌之新风。俊成的和歌很少像这样的纯客观描写，多加入主观要素，使主客观相结合。他以主观色彩的眼睛观察事物，通过心与景的观照，感动于内，求言近旨远的韵外之致。

藤原俊成

むかし思ふ　草の庵の　夜の雨に　涙な添へ
そ　山郭公

夜雨草庵独追昔，
杜鹃莫让我添泪。

*赏析

此歌题为《郭公》。“夜雨草庵”，典出白居易诗《庐山草堂夜雨独宿寄牛二、李七、庾三十二员外》中的“兰省花时锦帐下，庐山雨夜草庵中”。“追昔”，追思往昔。白诗以别人与自己的境遇进行对比，此歌是自己的今昔对比，自己过去在京为官，也曾是“兰省花时锦帐下”的荣华富贵，对照如今独居草庵的落魄岑寂。夜雨惆怅，再闻杜鹃的叫声，抚今追昔，更会催人泪下。所以说，杜鹃啊，你不要叫，莫让在这伤感的夜雨中增添我的泪水。

崇德院

早瀬川　みを遡る鵜飼舟　まづこの世にも　いかが苦しき

湍急早濑川，
溯流而上鱼鹰船，
世道何艰辛。

崇德院（1119—1164）

即崇德天皇，日本第七十五代天皇。鸟羽天皇之子。1123 年即位后，被迫让位给近卫天皇，成为上皇，称新院。后因争夺皇位，发动保元之乱，失败，被流放到赞岐，死于流放地。

*赏析

每到夏季，早濑川都有鱼鹰捕鱼，水流湍急，鱼鹰船溯流而上。渔民们为了谋生，勤劳艰辛，这样的世道何等艰难，令人心酸。作者在这里不仅表现对渔民境遇的同情，更是对社会的感叹。鱼鹰捕鱼是夏天观光的项目，贵族借此娱乐心情，但崇德院崇尚佛教，在他看来，鱼鹰捕鱼的杀生无异于犯罪，但渔民的竭蹶度日又让他心生怜悯。杀生与谋生，渔民每天不得不破戒，心里必定充满着痛苦的纠葛。当然，他们知道，一旦破了杀生戒，就会下地狱受尽折磨，但现世必须活下去，让穷苦人十分无奈。能乐《鱼鹰》讲述的便是僧侣告诫渔民鱼鹰捕鱼就是杀生犯罪的故事。

崇德院

五月山　弓末ふりたて　ともす火に　鹿やはかなく　目をあはすらむ

五月山上夜，
猎人举弓箭。
篝火诱野鹿，
野鹿轻易现。

*赏析

五月山，不知是指具体山名，还是泛指夏天的山。大阪府池田市有同名的山。猎人在山上举起弓箭，燃起篝火，等待着山鹿的来临。当时上山捕捉野鹿，一般都是在夜晚，点燃篝火或火把引诱野鹿。鹿见到火光，就会靠近过来，猎人举弓杀之。这首和歌站在野鹿的立场上，哀怜鹿的命运。自己藏在树林深处，看见远处的火光，明知黑暗中的火光就是猎杀自己的诱饵，却还是闭上眼睛，认命末路的悲惨。也许在它闭上眼睛的瞬间，已经看到了地狱，表现作者对弱者的同情。

藤原定家

来ぬ人を　松帆の浦の　夕なぎに　焼くや藻塩の　身もこがれつつ

待人人未来，
傍晚松帆海平静，
藻盐烟紊乱。

藤原定家（1162—1241）

藤原俊成之子，镰仓时代前期的歌人。《新古今集》编纂者之一。官至权中纳言，受后鸟羽院的赏识，担任“千五百番歌合”的作者和判者，为宫廷歌坛第一人。他深化其父之“幽玄体”，提倡“有心体”。俊成和定家父子在中世和歌史上树立了“宗家”的传统，称为“御子左家”，定家也被尊为中世和歌之祖。定家对和歌的贡献是开拓一个与万叶的现实主义歌风迥然相异的古典主义方法论和唯美的艺术世界，创作许多具有强烈古典主义色彩和浓郁的象征性的优秀作品。著有歌集《拾遗愚草》、歌论《每月抄》、日记《明月记》等。

＊赏析

这是定家恋歌的白眉之作。“待人人未来”的“待”与“松帆海”的“松”是谐音。“藻盐”是古代的制盐法，把海水灌注在海藻里，使其多含盐分，然后把海藻烧成灰，倒入水中，再把上面的清澄部分煮干成盐。此歌借鉴《万叶集》中笠金村的长歌《淡路岛松帆浦》的构思，运用象征手法，把等待心上人的焦急心情比喻为烧海草时紊乱的烟，表现被爱情折磨的寂寞、焦思、悲伤、烦恼。

藤原良经

うちしめり　あやめぞかをる　時鳥(ほととぎす)　鳴(な)くや五月(さつき)の　雨(あめ)の夕暮(ゆうぐれ)

菖蒲花香带潮湿，
梅雨黄昏杜鹃鸣。

藤原良经（1169—1206）

平安末期至镰仓前期的歌人。受藤原俊成、定家父子的提掖，官至太政大臣，但未满四十英年早逝。著有歌集《秋篠月清集》。

＊赏析

潮湿的空气、菖蒲花香、杜鹃的叫声、梅雨、黄昏，调动触觉、听觉、视觉构成和歌的诗的世界。潮湿的梅雨天，黄昏的幽暗烘托出作者孤寂的心情。良经的和歌具有典型的官僚贵族性格，四平八稳，缺乏激情。但体物精细，平明畅达，如“吹云去天际，秋风唯留松树上，抬头望明月”，细腻观察景物，却又不是单纯的写实，有意识地从景物中表现美的感觉。

式子内亲王

かへり来ぬ　昔を今と　思ひ寝の　夢の枕に　にほふ橘

去者不可追，
且将昔日思今日，
梦枕闻橘香。

式子内亲王（1149—1201）

后白河天皇之女，《新古今集》的代表性女歌人。在动荡的岁月里，失去家人，生活无着，甚至无处栖身，后出家。这种人生经历使她的和歌充满哀怨忧愁，悲愤沉郁，感觉纤细，情感深沉，极具丰富深沉悲痛的内省力。

＊赏析

时间不可倒流，昔日不可重返，今天晚上，我将昔日当作今天来看待，在睡梦中重逢令人怀念的昔日，闻到枕边的橘香。这一句根据《古今集》中佚名的“且待五月闻花橘，昔时伊人衣袖香”的歌意，所以可以理解为：这真的是橘香吗，抑或是昔日恋人衣袖上的香气？“梦枕闻橘香”，这里没有明确闻到橘香是在梦中还是梦醒以后，这种暧昧的表现手法使整首和歌的意韵显得缥缈，以至于梦与现实、橘香与衣袖香、今与昔都具有朦胧的意味。

寂莲法师

鵜飼舟　高瀬さし越す　ほどなれや　むすぼほれゆく　かがり火の影

鸬鹚捕鱼船，
撑篙过浅滩。
水急船摇动，
渔火影渐远。

寂莲法师（1139？—1202）

平安末期至镰仓初期的歌人。藤原定家的堂弟、藤原俊成的养子，后鸟羽院歌坛的主要歌人之一。曾任中务少辅等微官，后出家。《新古今集》的编撰者之一，但未成书即去世。著有歌集《寂莲法师集》。

*赏析

鸬鹚捕鱼的小船行到浅滩，大概用撑篙驶过这湍急的水流。船在河水上摇晃着前进，船上的渔火逐渐远去，飘忽重叠，凝聚成一团亮光。作者并非完全是实景描写，有的是想象的景物。如他看见船上渔火忽然摇晃不定，重叠一团，猜想一定此时正船过浅滩。在黑暗中凸现一团渔火，与渔火消失以后的黑暗，造成极其鲜明的对比印象。

宫内卿

軒白き　月の光に　山かげの　闇を慕ひて　行く蛍かな

月色檐下白，
流萤偏是慕山影，
飞向黑暗去。

宫内卿（？—1204？）

镰仓时代前期的歌人。后鸟羽院近臣右京权大夫源师光（生莲）之女，其母为后白河院女官安芸。奉侍后鸟羽院。参加宫廷歌会，其和歌可与藤原俊成之女比肩。二十岁左右早逝。

*赏析

选自《玉叶集》第三卷《夏》。写流萤羡慕山影的黑暗，含带作者的情感，风格纤细整饬。她的和歌语言表现优美，在想象中把握主体，这样在某种程度上减弱了内容表现自我内心情绪的真实性。但是不可否认，她对感受性的理解充满女性独特的敏锐和细腻，在幻想般的世界里追求抒情的印象美。如："比良山风催花开，小舟划水去无痕。""逢坂树梢花，风吹关杉村。"

宮内卿

君待つと　閨へも入らぬ　槇の戸に　いたくな更け
そ　山の端の月

今宵待君来，
不入闺房中。
独倚杉木门，
更深山头月。

＊赏析

此歌题为《待恋》。“不入闺房中”典出《古今集》中佚名的“今宵君未来，不入闺房中。深紫扎头绳，已有白霜结”。这也是一首等待恋人归来落空的女子惆怅悲伤的和歌。倚立门口，看着山头的月亮逐渐下沉，夜越深，失望越大，但失望中依然抱着一丝希望，祈祷月亮不要落下去。

源实朝

世の中は　常にもがもな　渚漕ぐ　海人の小舟の　綱手かなしも

但愿世有常，
海边渔夫拉小舟，
纤绳亦堪悲。

源实朝（1192—1219）

镰仓幕府的第三代将军，第一代将军源赖朝之子。他积极把京都文化引进镰仓，尤好和歌，师事藤原定家。官至右大臣，二十八岁参拜鹤岗八幡宫时被暗杀。实朝留有一部《金槐和歌集》。

*赏析

作者看着渔夫在海边拽着纤绳把小船拉进海里，顿觉悲哀。他希望人生无常变成人生有常，人类面对环境险恶的大自然，一叶扁舟，一个渔夫，用自己宝贵的生命在惊涛骇浪中拼搏，冒着葬身鱼腹的危险，只是为了生存。人在这里显得多么渺小，人的生命多么脆弱。诗人的目光从一根纤绳发现人生的短暂，无常观渗透着中世纪的悲哀。

这首和歌既是写景，也是抒情；“悲”既是心灵的悲哀，也可以理解为对风景的依恋。无常伴随的悲哀实际上体现实朝的和歌时代性。源实朝总体上崇尚朝廷之歌风，风流清雅，他的写实是对自然、现实的体验，更是对超自然、超现实的无尽感悟，格调浑厚炽烈，充满超脱一切烦恼的人性爱。

藤原俊成女

橘(たちばな)の　にほふあたりの　うたた寝(ね)は　夢(ゆめ)も昔(むかし)の　袖(そで)の香(か)ぞする

橘花香中睡片刻，
梦里犹闻伊人衣袖香。

藤原俊成女（？—1251？）

镰仓时代前期歌人。其母是藤原俊成的女儿八条院三条，是俊成的外孙女，但因为是俊成的养女，所以称俊成女。源通具之妻，后离异，仕于后鸟羽院。四十二岁前后出家。歌集有《俊成卿女集》。

*赏析

这里的“橘”指的是日本原产的柑橘，也叫“日本立花橘”，初夏开白花，香气馥郁，果实冬季成熟，味酸，不宜食用。我在橘花浓郁的芬芳中小睡片刻，梦中依然闻到以前热恋的那个人衣袖的香味。作者通过橘香和梦境将过去的恋情提取出来，重温那段美好的感情，依然怀着对那人的眷恋。

此歌采用“本歌取”的手法，从古代和歌中借去其构思、语言、情趣等，创作新和歌。其本歌是《伊势物语》中的佚名和歌：“待到五月橘花开，犹闻伊人衣袖香”。自此歌之后，《古今集》就把“橘香”比喻为“以前的恋人”。

伏见院

風はやみ　雲の一むら　峰こえて　山みえそむる　夕立の跡

骤雨过傍晚，
风送团云出岚岫，
远山透青峦。

伏见院（1265—1317）

第九十二代天皇、镰仓时代后期的歌人。师从京极为兼，敕命其编纂《玉叶集》，开《玉叶集》《风雅集》歌风之先导。遗世和歌二百九十四首。

* 赏析

此歌题为《远观骤雨》。傍晚，骤雨过后，疾风将一团白云吹过山峰，远山现出清晰的轮廓。这夏日清爽的黄昏景色令人心情愉快。

玉叶、风雅时代的和歌主要特征是善于捕捉大自然的变化，在风景描写方面注入一股清新的气息。伏见院擅长叙景状物，如“向晚秋意深，天际电闪裂黯云，远岫映寒影”，黯云、闪电、远山的描绘在光线、时间、空间、对象动态的把握上恰到好处，似乎具有电影蒙太奇的效果。

伏见院

雨の音の　きこゆる窓は　さ夜ふけて　ぬれぬにしめる　ともし火の影

深夜敲窗听雨声，
灯火未湿觉潮润。

⋆赏析

此歌题为《雨中灯》，是伏见院在歌会上出的吟咏题目。通过没有被雨水打湿的灯火却觉得潮润的感觉体会雨中深夜的情绪，从而发现夜色之美。伏见院是叙景歌的名家，体物精细，观察缜密，给传统歌风注入新意。“墙边草自青，霜下春将近。”春近霜下的着眼点具有与众不同的韵味，体现出以描写大自然新鲜感开拓和歌的时代特征。

京极为兼

夏あさき　緑の木立　庭とほみ　雨ふりしむる　日ぐらしの宿

初夏草木绿，
雨中庭院似觉远，
居家独终日。

京极为兼（1254—1332）

镰仓时代后期歌人。藤原定家的曾孙。奉伏见院命，编纂《玉叶集》。提倡回归万叶，给歌坛注入新风。后因政事流放佐渡、土佐。著有歌论《为兼卿和歌抄》。

* 赏析

此歌歌意浅白。初夏时节，院子里草木蓊郁翠绿。今天和风细雨，淅淅沥沥，烟雨中看园中景物似有朦胧遥远的感觉。终日无事，闲闭家中。能够这样长时间地观赏雨中庭院的夏日风景，也是一种享受。作者的心融化于大自然之中．也许从雨声中聆听到忧伤与寂寞，轻轻笼罩在心头的回忆之中。同样是写雨，写夏天路上遇到的骤雨，“天色已昏暮。不由心着急，匆匆赶前路”，与濛濛细雨大异其趣，他担心日暮天黑，不由得在雨中匆匆赶路。他的和歌的自然描写别具一格，乍读似觉色调沉郁，其实正是突破窠臼，努力表现原野上孤独羁旅的真正心灵。

永福门院

馴(な)るるまま　哀(あわ)れにつひに　ひかれ来(き)て　厭(いと)ひがたくぞ　今(いま)はなりぬる

识君已熟悉，
渐解其中哀。
此情绕心怀，
难言不相爱。

永福门院（1271—1342）

太政大臣西园寺实兼的长女、伏见天皇中宫。与伏见院并为镰仓后期的代表性歌人，创立新鲜生动的门院歌风，尤擅长叙景抒情歌。其作品收在《玉叶集》《风雅集》里。

＊赏析

永福门院歌风秀润流丽，对心理活动的描写也细致入微，形成一派。开始相互识的时候并不认为你是我的意中人，但随着接触的增加，逐渐感觉到恋爱的各种情绪感受，我沉溺于这种感觉，“我不爱你”这句话如今难以说出口。虽然吟咏的是想象中的恋爱，但表达出十分复杂的女性感情。

永福门院

ほととぎす　空(そら)の声(こえ)して　卯(う)の花(はな)の　垣根(かきね)もしろく　月(つき)ぞ出(い)でぬる

晴空闻杜鹃，
花白溲疏映篱藩，
冉冉见婵娟。

*赏析

这里的杜鹃是月出时分的杜鹃。诗人的叙述没有主观色彩，勾勒出一幅十分美丽宁静的夜景图，然而满纸充溢潇洒闲澹、玄远冷隽之气。永福门院工于铺叙，写景抒情，清新灵秀，观察事物之细腻敏感，比京极为兼有青出于蓝而胜于蓝之感。同样是写景，“秋月渐生远山衔，晴空慢消一抹云”，则思与境谐，词清意永，语言玲珑清素，实为翘楚之作。

永福门院

あれぬ日の　夕べの空は　のどかにて　柳のすゑも　春ちかくみゆ

今日寒风静，
长天舒恬黄昏净，
柳梢春色近。

*赏析

永福门院也是运用写实手法，体物精细，观察缜密，工于铺叙，写景抒情，清新灵秀，给传统歌风注入新意，创立以她为中心的秀润流丽的门院歌风。

如“苦楝花竞放，万点嫩绿碎丛中，疑是紫藤泛春浪”，描写苦楝树在初夏开淡紫色花，花丛摇曳，犹如晚春紫藤的微波荡漾。这首只是单纯状景，则思与境谐，词清意永，语言玲珑清素。

后伏见院

心ある　夏のけしきの　今宵かな　木のまの月に　くひな声して

盛夏景色佳，
今宵醉人心。
明月漏树间，
秧鸡声声鸣。

后伏见院（1288—1336）

日本镰仓的第九十三代天皇。伏见天皇的长子。在位仅三年，退位时年仅十三岁，让位给后二条天皇。后出家。他生活在镰仓时代后期、南北朝的动乱时期。

*赏析

今晚富有夏天的情趣，如水月色从树枝间漏下来，耳边传来秧鸡的叫声。秧鸡是一种水鸟，初夏时节，发出如敲门一样的声音。这里的秧鸡指的是红秧鸡，候鸟，夏天飞到日本，在水边草丛繁殖。日本古典文学作品中出现的“秧鸡”即是这种。后伏见院与其父一样，热衷于和歌。描写大自然纤细逼真，情趣幽深，为当时典型的歌风，但也创作与后来的芭蕉注重的“深邃”、即“幽玄”相通的风格的作品。

贺茂真渊

大魚釣る　相模の海の　夕なぎに　乱れて出づる　海士
小舟かも

出海钓大鱼，
黄昏宁静相模湾，
小舟争相行。

贺茂真渊（1697—1769）

江户时代中期的国学家、歌人。其和歌先崇古今、新古今歌风，晚年亦创作万叶调的长歌、短歌，乃至追记纪歌谣之遗风，以雄浑沉劲为最高境界。他在近世国学史上占有重要的地位，形成比较完整的体系。门生如云。著有《万叶集考》《新学》等。

＊赏析

此歌题为《钓舟》。黄昏，在相模湾风平浪静的海面上，许许多多的小舟竞相出海，往来穿梭，一派热闹景象。第一句的“钓大鱼”所表现的豪迈气魄与“争相行”的活跃场面前后呼应，烘托出作者面对大批渔船出海壮观的兴奋心情。这种粗犷豪放的性格与《万叶集》的朴直是一脉相承的，“傍晚阵雨急，风送云飞过眼疾，瞬间几千里”，描写傍晚时分狂风骤雨的景象。“瞬间几千里”自然是夸张的说法，但作者的着眼点在于激烈跃动的风景。“葛饰早稻新酿酒，赏月欢谈夜阑珊。”大家喝着用下总国葛饰的早稻酿造的新酒，一边赏月一边欢谈，不知不觉天色破晓，体现万叶与古今融合的风格。

香川景树

河岸（かはきし）の　ねじろ高（たか）がや　風（かぜ）ふけば　波（なみ）さへよせて　涼（すず）しきものを

河边白根高芦苇，
随风翻波亦清凉。

香川景树（1768—1843）

江户晚期歌人。创立桂园派，推崇纤柔优美的古今调，号称弟子两千。在近世至近代初期与贺茂真渊分别在京都和江户形成两大势力，至幕府末期，则一统歌坛天下，其风格延至明治时期。

*赏析

夏天的风吹动河边的芦苇，动荡起伏如波浪。芦苇的波浪与河水的波浪荡漾交叠在一起，清凉的感觉顿透心间。“白根高芦苇”是《万叶集》的用语，他的歌风偶尔也渗透些万叶的风格，使用万叶语言或者直抒胸臆的手法营造《古今集》歌风。如：“人生如朝露，空对草木难胜诉，我心独悲苦。”表面上哀叹人生如梦，内心却蕴含极其敏锐深刻的感受。

落合直文

砂の上に　わが恋人の　名をかけば　波のよせきて　かげもとどめず

将我恋人名，
写在沙滩上。
海浪涌过来，
抹去无踪影。

落合直文（1861—1903）

歌人、国文学者。明治二十六年（1893）成立浅香社，集中了与谢野铁干、尾上柴舟、金子熏园等许多年轻人，进行歌文革新，成为近代短歌的母体。浅香社是明治时期第一个短歌结社。落合直文对近代短歌的贡献表现在培养出一批后来的短歌革新者，从这个意义上说，浅香社对和歌的发展具有很大的历史功绩。其七五调的长篇叙事诗《萩之家歌集》《孝女白菊歌》很受读者喜爱。

*赏析

选自《萩之家歌集》(1906)。内容明白如话，充满感伤的抒情，表现出诗人极其甘美而浪漫的情绪。这是他在和歌里第一次使用“恋人”这个词，之前一般也是使用“妹”表示恋人。作者和正冈子规是明治时期短歌革新的棋手，他实现和歌改良的理论与实践相结合，对和歌采取相当宽容的态度，对旧派新派一视同仁，既重视万叶风格，也重视古今风格；既主张抒情，也主张叙事，同时允许音数、语言的自由。

正冈子规

鳴神の　鳴らす八鼓　ことごとく　敲きやぶりて　雨晴れにけり

雷神敲破八面鼓，
雨停天放晴。

正冈子规（1867—1902）

歌人、俳人。他是明治时期短歌、俳句革新的旗手，以西方近代个人主义和现实主义为思想基础，以艺术的审美观和写实主义手法把俳句、短歌带进前人未臻的境界，在理论和实践两方面实现了向近代的转变，其巨大的影响远播昭和时代。主张写生手法，句风富于变化，情趣丰富，最能表现他的奔放不羁的诗魂和追求纯粹诗歌精神的力量，晚年建立“写生式万叶调”的独特和歌风格。歌集有《竹乃里歌》《病床六尺》等。

*赏析

这是题为《雷神》的“狂体”短歌八首之一。雷神狂暴肆虐一阵以后，天空转而晴朗清爽。作者以充满乐观精神的人的语气吟咏这种自然现象。雷神在民间风俗画里经常身背八面鼓。子规说这八面鼓统统被敲破，气势豪放，痛苦淋漓。

与谢野铁干

われ男の子　意気の子名の子　つるぎの子　詩の子　恋の子　ああもだえの子

我是男子汉，
气概豪迈重名声，
剑之子，
诗之子，
恋之子，
啊，我多苦恼。

与谢野铁干（1873—1935）

明治时期至昭和前期的歌人，长期担任庆应大学教授。创建新诗社，创刊《明星》，提倡诗歌革命，将“和歌”改革为“短歌”，注重培养

新人，尤其女歌人，有凤晶子、山川登美子、石川啄木、北原白秋、上田敏、吉井勇等一批歌人。

*赏析

这是铁干的代表作之一。我是一个男子汉。既然是男子汉，就必须重名誉，意气风发，执剑而立，气宇轩昂；就必须热爱诗歌，真挚恋爱，轰轰烈烈。啊，如此说来，我真是一个苦心焦虑的男人。这就是我！这首短歌是铁干的自夸，自我标榜，同时显示出他的信心和才能，以及立志改革的坚定意志。此歌发表以后，凤晶子也发表一首与之相呼应的短歌：“我是美貌的女人，青春如火炽烈燃烧，热情奔放。我有一双自由的翅膀，随心所欲尽情飞翔。”表示自己与铁干志同道合，也是对铁干的爱情表白。

与谢野晶子

女(おんな)より　智慧(ちえ)ありといふ　男達(おとこだて)　この戦(たたか)ひを　歇(や)めぬ賢(かし)こさ

男人大智慧，
此次战争不结束，
你看多聪明。

与谢野晶子（1878—1942）

歌人、作家、思想家，旧姓凤。明治三十三年（1900），加入与谢野铁干的新诗社，在杂志《明星》上发表短歌。翌年与铁干结婚。其歌集《乱发》肯定女性作为人的存在，高昂奔放。她积极参与妇女解放运动，在著名的妇女社会活动家平塚雷鸟的杂志《青鞜》上发表诗歌、评论，提出“以妇女能充分发挥各自的天赋才能、解放自己为最终目的”，并创办文化学院，开展艺术自由的教育。应该说，与谢野晶子是日本近代第一个以诗歌追求妇女解放并付诸实践的战士。著述甚丰，有和歌、歌论、社会评论、古典文学评论、小说等。

＊赏析

这是大正七年（1918）七月发表在《东京日日新闻》上的短歌。“此次战争”，指第一次世界大战（1914—1918）。从女性的视角如此直截了当地尖锐讽刺批判四年战争造成惨祸的作品，除了晶子之外，没有其他任何人。“先是枯骨后饥荒，战争国民脸色黄。”这样勇敢激烈的短歌表现出她对战争的批判态度。早在明治三十七年（1904）日俄战争爆发的时候，晶子的弟弟、二十四岁的筹三郎应征入伍。晶子在当年九月号的《明星》上发表一首哀怨郁愤的厌战长诗《你不能死去》（副题为《哀叹包围旅顺口军中的弟弟》）。作者站在人道主义的立场上，对弟弟充当争夺中国和朝鲜领土的日俄战争的炮灰表示激愤，而且把矛头直指“尊贵的天皇”，这在当时可谓绝唱。

与谢野晶子

鎌倉や　御仏なれど　釈迦牟尼は　美男におはす　夏木立かな

鐮仓有大佛，
世尊原是美男子，
夏日树葱郁。

*赏析

镰仓的释迦牟尼大佛在镰仓市长谷净土宗高德院内。此歌一发表，引起轩然大波，有赞之，有骂之。佛，在当时，是绝对供人参拜的，释迦牟尼佛是宗教信仰的最高象征，在他面前只能惶恐敬畏，五体投地。然而在晶子的眼里，释迦牟尼佛原来只是一个美男子。这简直是对宗教的亵渎，是对佛的大不敬，何况是一个女子，说出这样的话，只能暴露她内心的污浊好色。晶子就是这样一个具有反叛思想的勇敢的斗士，她的人生价值观将一切旧观念付之一炬。她早已抛弃了以宗教作为信仰对象的想法，所以在她看来，释迦牟尼佛的塑像只不过是一个艺术品，不是顶礼膜拜的佛，而是一个普普通通的人。既然是人，有血有肉，七情六欲，在夏天葱葱郁郁的绿叶遮映下，那一张慈祥端庄的面容完全是一个美男子。她以俗人的眼光看佛，以女人的眼光看男人，思想的勇气使她运用大胆的语言表现激烈的唯美精神的文学。

山川登美子

それとなく　紅(あか)き花(はな)みな　友(とも)にゆづり　そむきて泣(な)きて　忘(わす)れ草(くさ)つむ

悄将红花让友人，
背身偷泣摘萱草。

山川登美子（1879—1909）

歌人。《明星》同人。与歌友凤晶子共同恋慕与谢野铁干，但成全晶子。与晶子、增田雅子合著《恋衣》，是其生前唯一歌集。歌风哀婉伤感、楚楚动人，晚年作品含带现实感。

☆赏析

此歌题为《与晶子君游住江》。登美子与晶子都恋慕与野铁干，她们俩又是挚友，最后登美子忍痛成全晶子，自己与父亲所看中的山川驻七郎结婚。这首和歌无疑是对无奈放弃铁干的感叹。他们三人曾经在京都的粟田商议，度过悲伤难忘的一夜。“红花”，即萱草的花，比喻恋爱；“友人”指晶子。将自己心爱的人让给了朋友，情不自禁地伤心落泪，却要背过身去，不让朋友看到自己的痛苦。“萱草”，即千叶萱草，夏季开红色重瓣花，我国民间故事说看到这种草可以忘忧。“摘萱草”，意为忘记这件事的苦恼。不过，登美子的婚姻从一开始就注定着缺少爱情，她和驻七郎的结婚实非本意，婚后一年，丈夫去世。这首和歌也可以说是悲恋之歌。

山川登美子

加茂川の　みぎはに泣けり　誰れ知るや　ましろき石を　わが涙とも

加茂川边独哭泣，
谁知白石是我泪。

＊赏析

登美子于明治三十八年（1905）十一月至翌年二月患急性结核性肾炎，出院后在京都的姐姐家里疗养。当时她已经意识到死亡将至，心情极度悲哀沮丧。独自来到加茂川边，想到自己一生命运不济，丈夫死别，家庭破灭，又身患重病，来日无多，不由得悲从中来，泪下如雨。这河边白色的小石子仿佛也是自己的泪水凝固而成的。然而，这种心情又有谁能知道、理解呢？这是作者孤独的凄凉心境的流露。

山川登美子

髪長き　少女とうまれ　しろ百合に　額は伏せつつ　君をこそ思へ

生来头发长，
额伏白色百合上，
少女思情郎。

*赏析

天生的长头发，我把额头贴在白色百合花上，心里思念我的恋人。百合花芬芳馥郁，常用来比喻少女的纯洁，甚至具有洁净的官能性。少女把额头抵在鲜花上，既是羞涩的表现，也是专心的表现，令人感受到隐秘心底的恋情的热烈。这个“情郎”是谁呢？她和与谢野晶子（原名凤晶子）同时热恋与谢野铁干，所以心中的郎君无疑就是铁干。白百合是圣母马利亚的象征，纯洁无瑕，登美子和晶子都是铁干的弟子，是《明星》的双壁，铁干称登美子为“白百合之君”，称晶子为“胡枝子之君”。她们的歌风大胆直率，惊世骇俗，离经叛道，在当时的歌坛产生巨大的影响。这首短歌是登美子回忆少女时代的作品，没有运用任何创作技巧，直抒胸臆，大胆表白，无疑是心中恋火炽燃、外表如白百合花般清秀俏丽的形象。

山川登美子

髪なでて　鏡ゆかしむ　夜もありぬ　夢にや摘まむ　しろ百合の花

也有这样的夜晚，
想着轻抚秀发揽镜。
不如在梦中，
摘取白百合花吧。

＊赏析

有时夜晚也想抚摸着头发照镜子，但是现在的容貌与以前不大一样。那就只好在梦中再看一眼自己从前白百合般的花容吧。如今多病之身，面容憔悴，不想看现在的样子，令人伤心，失去希望。对于无法改变的容貌变化，她无法面对现实，宁可生活在对美丽过去的留恋中，尽管只是悲哀的梦幻，依然残留着白百合花的余韵。“看吧！妹妹的发饰，百合在风中枯萎，在露中凋零，啊，我的忧发”，她把岁月不再的头发称为“忧发”，而自称“妹妹”，是因为她比晶子年龄小，她心灵的矛盾纠葛暴露无遗。这个时候登美子的生活并不幸福，铁干与晶子结婚后，他也结婚，但丈夫不到两年去世，自己也得了与丈夫同样的肺病。对于她来说，与其说追求外表之美，不如说应该追求健康之美，可惜年纪轻轻二十九岁去世。

会津八一

初夏の　風となりぬと　御仏は　を指のうれに　ほのしらすしら

夏风初来时，
佛像指尖最先知。

会津八一（1881—1956）

歌人、美术史研究家、书法家。与歌坛交往甚少，喜好《万叶集》及良宽的和歌。和歌独辟蹊径，以奈良古都的寺院、佛像为题材的短歌把古代与现代融化在一起，突出物象的某一显著特征，造成逼真鲜明的视觉效果。他的短歌往往不用汉字，全部使用假名，并按单词分行，注意音律和谐。

*赏析

夏天来临时，佛像的手指尖最先轻微感觉到熏风的暖意吧。据说这是作者在奈良中宫寺看到弥勒菩萨像时，感觉它美丽优雅的手指尖会最先感知初夏的暖风。作者通过诗语感受佛的温蔼慈祥，通过主观感觉体会佛的神韵，表现出他的纤细的想象力。

斋藤茂吉

のど赤き　玄鳥ふたつ　屋梁にゐて　足乳ねの母は　死にたまふなり

梁上一对红喉燕，
慈母即将离人世。

斋藤茂吉（1882—1953）

歌人、精神科医生。明治三十九年（1906）入伊藤左千夫门下，左千夫去世后，任《阿罗罗木》编辑。茂吉受到西方美术、哲学尤其尼采思想的深刻影响，《万叶集》歌风以及西方文化都化为短歌的血肉。其歌集《赤光》将日本的传统思想与西欧现代精神融合在一起，充满对生命的肯定，对人的感情的珍爱，在质朴明朗的青春活力中透出哀愁孤独的心情，富有想象力和表现力，成为近代短歌的代表作。后经过一段具有强烈官能艳丽色彩的时期，逐渐进入沉静孤寂的现实境界。

*赏析

此为组歌《母亲将死》之一。作者在《作歌四十年》中这样论述这首短歌："已经到了燕子归来的春天，一对雌雄燕子在房梁上筑巢，站在一起。上半句描写自己的所见。下半句也是直率地表达现状。这一首短歌具有一种散发着宗教气息的难以割舍之处。释迦牟尼涅槃之时，万象也皆叹息。在我的慈母即将离世之时，一对红喉燕子飞来我家，令人深有佛教的感动。"燕子即将在新巢里生儿育女，自己的母亲就要离开人世，梁上梁下，新生与衰老，生死两个世界，暗示着佛教的轮回。此类短歌还有如："慈母将辞世，陪睡夜寂寂。蛙声远田野，犹如天上来。"茂吉的母亲于大正二年（1913）五月去世。

斎藤茂吉

草(くさ)づたふ　朝(あさ)の　蛍(ほたる)よ　みじかかる　われのいのちを　死(し)なしむなゆめ

早晨萤火虫，
沿着草叶爬。
生命何短暂，
先别让我死。

＊赏析

作者在《作歌四十年》中对此歌这样阐释道："脑袋红红的萤火虫在早晨的草叶上爬行。与夜间发光的萤火虫全然不同，一副哀怜的样子。啊，早晨的萤火虫哟！你的生命多么短暂，我归根结底难免也是短命之人，虽然今日与你相见，还是暂且不要让我死去吧。"人与萤火虫一样，拼将全身的力气发光之后，就要死去，生命是多么短暂可悲。作者通过萤火虫观照自我，尽管人生苦短，但还有拼命努力，在短暂的生中发热发光，祈祷自己继续活下去。

斎藤茂吉

めん鶏ら　砂あび居たれ　ひつそりと　剃刀研人は　過ぎ行きにけり

公鸡玩沙子。
磨刀人
悄悄身边过。

*赏析

公鸡在玩沙子，一个磨（剃）刀人悄悄地从它身边走过。从字面上看，非常简单，却成为难解的短歌。作者首先着眼于公鸡，在阳光下玩耍，充满生命的跃动，一片和平景象，接着是磨刀人，刀锋尖利，令人害怕。二者之间的关系显得紧张，缺少平衡感。读者感觉这其中公鸡与磨刀人的关系，在静谧的空气中潜藏着一种紧迫感，似乎会发生异常的事情，甚至错觉磨刀人会不会把刀架在公鸡脖子上，所以才悄悄地接近。日常生活中极其平常的一件小事，在作品中被异化，凝视其中的断面，正如作者所说，在开裂的生活缝隙中发现“世界”和“自我”，拾取一个瞬间的感触。佐藤佐太郎认为：“可以从玩沙子的公鸡和磨刀人的氛围中感受到白昼的沉默，使可怕的瞬间变成永恒，从中发现作者对人生的深层倦怠。”（《茂吉秀歌》）

斎藤茂吉

赤茄子(あかなす)の　腐(くさ)れてゐたる　ところより　幾程(いくほど)もなき　歩(あゆ)みなりけり

路上一个烂番茄，
我从旁边走过去，
没走几步一念生……

＊赏析

这首短歌有多种解释，众说纷纭，于是作者自注道：“‘赤茄子’就是西红柿。我小时候，大哥从东京购来种子栽种，但是就叫‘赤茄子’。大正元年以后改称‘西红柿’，还觉得很新鲜。和歌为了声调顺畅，所以使用‘赤茄子’的叫法。这首和歌作于东京郊外。有人批评说‘看不懂、暧昧、掩瞒’，……但仅从字面表现来说，绝无任何埋伏。就是地上扔着一个熟透的西红柿。这是具象，是写生。作者看到它，散步时从它旁边走过，脑子里突然掠过一个写象（印象）的念头。这个写象不管是什么，都是读者无论如何刨根问底都无法企及的心底世界。也是任何恋心、忏悔都无法到达的境界。但结句是咏叹，可知带着某种感动。”（《作歌四十年》）作者自注也只是说了表象，对自己的心态还是打了“埋伏”，于是就出现读者对内心世界的追索，有认为是象征主义，有认为是艺术至上主义，有认为是颓废主义，也有认为是官能主义，不一而足。不过，大多认为此歌把握人的瞬间心理，从中感觉人生的象征。看见一个路边的烂西红柿，作者从它旁边走过，没走几步，脑子里出现某个念头。什么念头？作者没有明说，这个偶然性扩展为不可思议的瞬间的永恒。

斎藤茂吉

山なみに　ひびきて鳴きし　晩蝉は　暗やみとなり　皆ねむるらむ

夜蝉山间噪，
天暗皆睡去。

＊赏析

斋藤茂吉短歌的特点具有强烈的象征主义倾向，他在上一首“西红柿”的自注中就明确表示“最近我已经明确意识到，只要彻底运用写生手法，就能到达象征的境界”。这是他的创作理想，不管是广义还是狭义上的写生，都是他达到目的的手段。这首短歌也是写生的典型，夜蝉（也叫茅蜩）刚在还在山间高声鸣叫，当天色暗下来以后，它们也都要睡去。这里暗示着作者在战争即将爆发之前的忧郁心情。夏天的蝉鸣既热闹又喧吵，有时令人增添溽热的感觉。成百上千的暗绿色的夜蝉挂在黑暗中的暗褐色的树枝上一刻不停地叫唤，可是当黑夜降临时，它们一下子停止鸣叫，悄无声息地睡去。白天的喧闹与夜晚的寂静形成巨大的反差，这种死的沉默令人心灵震颤。这就是作者对安静睡觉的夜蝉心造的幻想。由于“象征”，就会把不便、不想言喻的内心部分掩藏起来，造成诗句的“欠缺”，只能从缝隙间勉强窥见幻想之美。

前田夕暮

向日葵は　金の油を　身にあびて　ゆらりと高し　日のちひささよ

浑身浴金油，
轻轻摇摆向日葵，
茎高太阳小。

前田夕暮（1883—1951）

明治、大正时期的自然主义歌人，与若山牧水形成“夕暮、牧水时代”。后受到西方印象派、后印象派绘画的影响，表现出外光派的明快新鲜的感觉世界。大正十三年（1924）与北原白秋、古泉千樫、土岐善麿等创刊《日光》，开始创作口语自由律短歌。

＊赏析

这是对花的礼赞，这是对生命的颂歌。夏天光芒四射的太阳照耀着，向日葵如同“浑身浴金油”一样金碧辉煌。如一幅色彩斑斓、富艳秾丽的油画，占据中心的向日葵高高伫立，轻轻摇摆，这高大的向日葵仿佛使太阳变小。作为自然主义歌人，他用短歌坦率地、真实地、不加修饰地表现普通人的思想感情，但并没有很大的自觉性把日本化的西方自然主义文学理论运用到短歌创作中去，他们心中的“自然”大抵是山川草木、天地万物，以西方印象派绘画的外光方法描写所获得的感受，抒发咏叹性的感伤情绪，在人与自然的连接点上总含带沉重的荫翳。

前田夕暮

曇(くも)り日(び)の　青草(あおくさ)を籍(し)けば　冷(つめ)たかり　自愛(じあい)のこころ　かなしくもわく

阴天青草卧觉凉，
悲哀涌动自爱心。

*赏析

此歌是《阴天》组歌中的一首。在阴沉沉的天空下，作者躺在夏天青草上，后背感觉到清凉，此时痛切地咀嚼着自爱的心情。在珍惜自我的感动中，品尝黄昏所带来的感受。正如作者在《素描》所说："在即将三十岁的人生绿色山峰，步入充实的青春黄昏的人的忧愁，将淡淡的阴影投在生活。"从这种笼罩着荫翳的每天平常日子里，发现生活的哀欢，"躺在青草上，凝视着自我"。这个时期，作者刚刚从倦怠感的人生停滞期中摆脱出来，对自己的过去进行否定。此类作品如："到处躺卧着，我的心的尸骸，凝视我这边"等。

北原白秋

大きなる　手があらはれて　昼深し　上から卵を　つかみけるかも

幽深的白昼，
伸出一只大手，
抓住鸡蛋。

北原白秋（1885—1942）

明治末期、大正初期的诗人、歌人、童谣作家。其诗集《邪宗门》《回忆》带着浓烈的官能性的色彩和世纪末的颓唐美，倡导唯美主义文学，奠定了近代象征派代表诗人的地位。歌集有《桐花》《云母集》《观相之秋》《溪流唱》等。

＊赏析

白秋因对邻居的有夫之妇的遭遇由同情而相恋，受到起诉，也受到社会的谴责，遭入狱之厄运，无罪释放后，两人结婚，住在三浦半岛的三崎。这个经历对白秋的打击非常巨大，事件对他所产生的命运化为终生的诗歌精神，改变了他的人生。“雪呵，如苹果的香味那样降落吧！”这种高度象征的短歌倾泻悲伤的苦恼和无比的愉悦，具有前所未有的鲜度。这个时期的作品收录在《云母集》里。这首短歌一般认为受到自己抓鸡蛋动作的启发，其实作者捕捉的是出现在宇宙里的各种各样“大手”的幻影。

北原白秋

夕されば　ひとりぼつちの　杉の樹に　日はえんえんと　燃えてけるかも

杉树独木晚，
夕阳如火燃。

*赏析

明治四十五年（1912），白秋作为诗坛新秀，名声日盛，但由于与有夫之妇的恋爱事件，身心疲惫。这时，他的父亲在家乡的事业破产，一家人来到东京投奔他。白秋处在内外交困之中，怀着破碎悲痛的心情来到神奈川县三崎，过着流离悲凉的生活。这是当时凝视“杉树独木”的孤独旅人的悲歌。但作品里的杉树依然洋溢着印象派的鲜明强烈的风格。

北原白秋

羽根（はね）そよがせ　雀棟（すずめあふち）の　枝（えだ）しくやあらむ　その花（はな）かげは

苦楝树枝上，
麻雀停落花荫下，
悠然抖翅膀。

*赏析

白秋在歌集《雀蛋》序言中说：“从启蒙运动的角度看待写生时，它具有价值，但只有走出写生，进入更高深更幽微的象征主义，才能获得真正的艺术绝对境界的神韵，创作出生动高雅的作品。”他不排斥写生，而是通过写生走进象征。麻雀在苦楝树花下抖动翅膀，那神态显得悠然自得。作者似乎只是吟咏所见之景，但语言韵味的纤细的确独具白秋特色。实际上，麻雀在扑哧扑哧地拍打翅膀，而作者以一“抖”字与下面的“悠然”互相平静地呼应，使短歌生动活泼。

北原白秋

手にとれば　桐の反射の　薄青き　新聞紙こそ　泣かまほしけれ

报纸翻开来，
桐叶反射呈淡绿，
不由想哭泣。

⁎赏析

此为组歌《初夏晚春》之一。作者坐在公园泡桐下的长椅子上，翻开还散发着油墨味的报纸。忽然发现在树叶影子的反射下，纸面呈现出浅浅的绿色，不由得一阵伤感涌上心头，真想哭泣。这首短歌表现作者的瞬间感情，报纸的淡绿与哭泣的关系显得唐突，缺少必要的逻辑性。但作者并不需要强调这种关系，只是表达自己感受的强烈。“报纸”“反射”在当时还是比较时尚的词汇，所以作品具有近代社会的气息，细腻的观察更会勾动青年敏感而脆弱的神经。

若山牧水

幾山河　越えさり行かば　寂しさの　終てなむ国ぞ　今日も旅ゆく

涉几多山河，
应有寂寞终了处，
今日犹上路。

若山牧水（1885—1928）

学生时开始创作短歌，提倡自然主义，在明治时期与前田夕暮形成短歌的“夕暮、牧水时代”。他的自然主义带着浪漫的抒情风格，多有破格调，因此成为后来自由律新短歌运动的先驱者。大正时期回到严谨的定型，以平淡的写实展开自然派歌人的纯粹境界。著有《海之声》《别离》等十五部歌集。

* 赏析

此歌是明治四十年（1907）六、七月从冈山至广岛的旅途感怀。作者在《牧水歌话》中说道：“在切实感觉到自己还活着的人心里，栖息着无法抹去的寂寥。如同永无尽头的道路，只要活着，这种寂寥就一直存在。所吟咏的正是面对这种寂寥的心。”牧水的一生仿佛都在羁旅途中，寂寞、孤独、无情宿命般地伴随着他，所以他只能从一草一木一山一水中感受生的意义。大自然是冷峻的，大自然又是温暖的，他只能在大自然的怀抱里消磨自己的孤寂，孤寂是他心灵的居所，山河是他心灵永恒的家乡。这是他青春的漂泊之歌，走过多少岁月，“应有寂寞终了处”是他的希望，希望尽快到达寂寞的终点，今天依然继续往前走，向着寂寞的终点靠近一步，然而，真正的含义是寂寞永无终了处，于是憧憬与悲伤交织成浪漫甘美的哀歌。

若山牧水

海底に　眼のなき魚の　棲むといふ　眼の無き魚の　恋しかりけり

据说海底
栖息无眼的鱼。
我羡慕无眼的鱼。

*赏析

若山牧水当初对有夫之妇园田小枝子热恋，写给她的情书中有这样一首短歌：“我们走吧！去看未曾看过的山脉，你能忍受这样的寂寞吗？”但被对方捉弄，五年之恋的梦想终告破灭，牧水伤心至极，借酒消愁。在这个情绪消沉期间创作的短歌结集为《路上》，此歌是卷头歌。大海的深渊是黑暗的世界，据说栖息着没有眼睛的深海鱼。我羡慕没有眼睛的深海鱼。小枝子是个美女，牧水被她的外在形象所吸引，只能怪自己瞎了眼睛，无比悔恨，甚至想死。如果自己原本就是没有眼睛的深海鱼，就不能被她的美貌所诱惑。《路上》的上半部分都是一个失恋男人孤独的哀叹和泪水，后半部分是牧水通过旅行与大自然的接触，逐渐治愈受伤心灵的过程描述，《路上》正是他人生道路的记录。

古泉千樫

茱萸の葉の　白くひかれる　渚みち　牛ひとつゐて　海に向き立つ

海边茱萸叶翻白，
一牛朝海兀自立。

古泉千樫（1886—1927）

《阿罗罗木》同人，任编辑，曾出席森鸥外的观潮楼歌会。大正十三年（1924）参加创刊《日光》。歌风以写生为基调，多表现自然、现实生活的题材。著有歌集《河边》《屋上的土》《青牛集》等。

*赏析

此歌是组歌《牛》之一。作者生长在农村，从小就对牛等牲畜感到亲切。上一句是简练的白描。茱萸就是胡颓子，春秋开白花，叶子背面发白，所以风一吹，呈现一片白色。一头被牵到海边即将冲洗身子的牛，面对大海站着。牛是善良温顺的动物，人类的好朋友，它默默地站立着，凝视着大海。这种凝重的造型仿佛看到它温柔顺从的大眼睛，不由得产生一种淡淡的哀感。

古泉千樫

ねむの花　匂ふ川びの　夕あかり　足音つつましく　あゆみ来らしも

河边香飘合欢花，
谦谦足声黄昏来。

*赏析

此歌为组歌《合欢花》之一，表达作者的爱恋心情。黄昏时分，在合欢花香轻轻飘荡的河边，听到不紧不慢、谦恭中略含拘谨的脚步声。从这样的描写来判断，定然是一位温柔优雅的女子，带着害羞的模样，怀着期待的恋情，仿佛看到这位女子裙裾掀动、款款而来的婀娜形态。千樫的短歌充满柔和的抒情，声调优美，晚年作品则澄静幽冷。

古邨

石川啄木

不来方の　お城の草に　寝ころびて　空に吸はれし　十五の心

我躺在
不来方城的草地上，
被天空吸走
十五岁的心。

石川啄木（1886—1912）

生于岩手县的贫穷农村，终生漂泊放浪，贫困交加。他的短歌将眼睛投向现实生活，思考国家、民族、社会问题，开拓出生活派的短歌新路。其短歌提出了生命、社会、人生三大命题，显示出吟咏疾病、贫困、家族题材的定型特色，啄木为了适应表现社会题材的需要，主张内容和形式的自由，所以使用现代语言创作三行形式的短歌，以此体

现时代的精神。二十六年生命中，留下许多短歌、诗歌、小说、评论、日记、随笔、书简等，但三行体的短歌是他文学创作的顶峰。

⋆赏析

我躺在不来方城遗址的草地上，将我的梦想托付给无限辽阔的蓝天，在我 15 岁的时候，是我整个青春时代的心。中学生正是对未来充满幻想的时代，心被天空吸走，怀着远大的人生志向。不来方城是岩手县的盛冈城，当时啄木在盛冈市上中学，喜欢文学，早恋，学习成绩不理想，心情苦恼，这是他从学校溜出来躺在草地上的情景，16 岁退学，受与谢野晶子的歌集《乱发》的影响，来到东京。这首短歌是对少年时期的记忆。然而，他因肺结核，大志未酬，24 岁去世。但是他留下很多独具特色的著名短歌，成为日本诗歌文学的宝贵遗产。他还有这样一首短歌：“人们都朝着同一个方向，我的心，却在一旁观看。”

石川啄木

ひとところ　畳(たたみ)を見(み)つめて　ありし間(あいだ)の　その思(おも)ひを
妻(つま)よ　語(かた)れといふか

茫然对草席，
无言独思量。
是否君问我，
“缘何苦忧伤？”

*赏析

这首短歌是啄木意识到死神即将来临的心境的流露，浸透着岑寂的悲凉。妻子看见丈夫一动不动地对着草席发呆，愁眉苦脸，心里十分难受，明知他心事重重、一肚子苦水，还是忍不住问他怎么回事。短歌采取丈夫反问妻子的形式：妻子啊，是你在问我吗？实际上是作者对人生的诘问。

石川啄木

東海の　小島の磯の　白砂に　われ泣きぬれて　蟹とたはむる

东海小岛海岸边，
我泣白沙与蟹玩。

＊赏析

在东海小岛的白色沙滩上，我泪流满面地和螃蟹玩耍。“东海小岛”，可以实指啄木漂泊生活过的北海道的海滨，但似应理解为泛指东海上的岛国日本。“白沙”，如其在《函馆之歌》前言中所说的“捧沙仔细看，心常思人生”，比喻自己的人生，象征着沙漠般枯燥的、充满失望的生活。我“哭泣”这样惨淡的人生。“蟹”，比喻自己的个性与思想，也如螃蟹一样，横行在人生道路上，但“与蟹玩”的“我”和“蟹”都是短暂的存在，自己是何等的渺小。这是啄木自惜、自怜、无奈、悲哀的自我写照。

中村宪吉

篠懸樹　かげを行く女が　眼蓋に　血しほいろさし　夏さりにけり

悬铃木树荫，
来往女子眼红晕，
夏天已来临。

中村宪吉（1889—1934）

《阿罗罗木》同人。曾任《大阪每日新闻》经济部记者，后回家乡经营酿酒业。他始终运用写生手法，歌风具有鲜明的近代都市感觉。著有歌集《马铃薯之花》（与岛木赤彦合著）《林泉集》《堰水栅》《轻雷集》等。

＊赏析

悬铃木的树荫逐渐幽暗起来，街上行走的年轻姑娘们青春活泼，步履轻盈，她们的眼睛四周泛着红晕，充满热情。啊，夏天到了！作者吟咏夏天来到城市的感觉，细腻的观察含带着官能性的色彩，最后一句似乎看见夏天踩着少女们轻快飒爽的步调来临，令人心情愉快。悬铃木是明治后期引进来的外国树种，种植在东京的马路两侧，所以此歌具有近代大都市的气息和日常生活的情调。作者敏锐地捕捉都市初夏的景物，如印象派绘画一样具有光的色感。

图书在版编目（CIP）数据
夏野芳草碧 / 郑民钦编著. —北京：现代出版社，2020.5
（风雅和歌系列）
ISBN 978-7-5143-7709-5

Ⅰ. ①夏… Ⅱ. ①郑 Ⅲ. ①和歌—诗集—日本—古代
Ⅳ. ①I313.22
中国版本图书馆CIP数据核字（2019）第265706号

夏野芳草碧

作　　者：郑民钦
责任编辑：申　晶　朱文婷
出版发行：现代出版社
通讯地址：北京市安定门外安华里504号
邮政编码：100011
电　　话：010-64267325　64245264（传真）
网　　址：www.1980xd.com
电子邮箱：xiandai@vip.sina.com
印　　刷：北京瑞禾彩色印刷有限公司

字　　数：114千字
开　　本：880mm×1230mm　1/32
印　　张：6.25
版　　次：2020年5月第1版
印　　次：2020年5月第1次印刷
书　　号：ISBN 978-7-5143-7709-5
定　　价：56.00元

风雅和歌系列

《春苑桃花红》

《夏野芳草碧》

《漫山秋色浓》

《寒冬雨意遥》

日本人的“诗经”，写尽大和民族的传统、美学

有诗

打开世界的边界

风雅俳句系列

《行走春夜里》

《初夏谒日光》

《正是麦秋时》

《初冬小阳春》

世 界 上 最 短 的 诗 ， 日 本 人 的 心 之 风 景